阿佐ヶ谷アタリデ
大ザケノンダ

文士の町の
いまむかし

青柳いづみこ

平凡社

阿佐ヶ谷アタリデ 大ザケ ノンダ　文士の町のいまむかし

田家春望　　高適

出門何所見
春色満平蕪
可歎無知己
高陽一酒徒

ウチヲデテミリャアテドモナイガ
正月キブンガドコニモミエタ
トコロガ会ヒタイヒトモナク
アサガヤアタリデ大ザケノンダ

（訳　井伏鱒二／『井伏鱒二全詩集』）

イラスト　岡崎武志
装　　丁　松田行正＋杉本聖士
写真提供　田村邦男
　　　　　青柳いづみこ

阿佐ヶ谷アタリデ大ザケノンダ　文士の町のいまむかし——目次

I　阿佐ヶ谷風土記

II　文学青年窶《やつ》れ

V 私の阿佐ヶ谷物語

VI　ディープな飲み屋街

1、「阿佐ヶ谷会」の主な会員のうち、杉並区を終の栖とした人物の住居を示した。ただし、太宰治、小田嶽夫、亀井勝一郎、木山捷平はのちに杉並区外に転居している。
2、太宰治の居住期間は、以下の通り。①昭和8年2月〜 ②昭和8年5月〜10年6月 ③昭和11年11月12日 〜 ④昭和11年11月15日〜 ⑤昭和12年6月〜昭和13年9月。
3、木山捷平の居住期間は、①昭和7年〜10年 ②昭和13年〜19年。

制作協力／丸山図芸社

本書に登場する「阿佐ヶ谷会」文士の住居と、現在の商店街の場所

『「阿佐ヶ谷会」文学アルバム』に掲載された「『阿佐ヶ谷会』関係地図」（作成・萩原茂）を元に制作。現在の商店街の名称は本書の表記と合わせた。

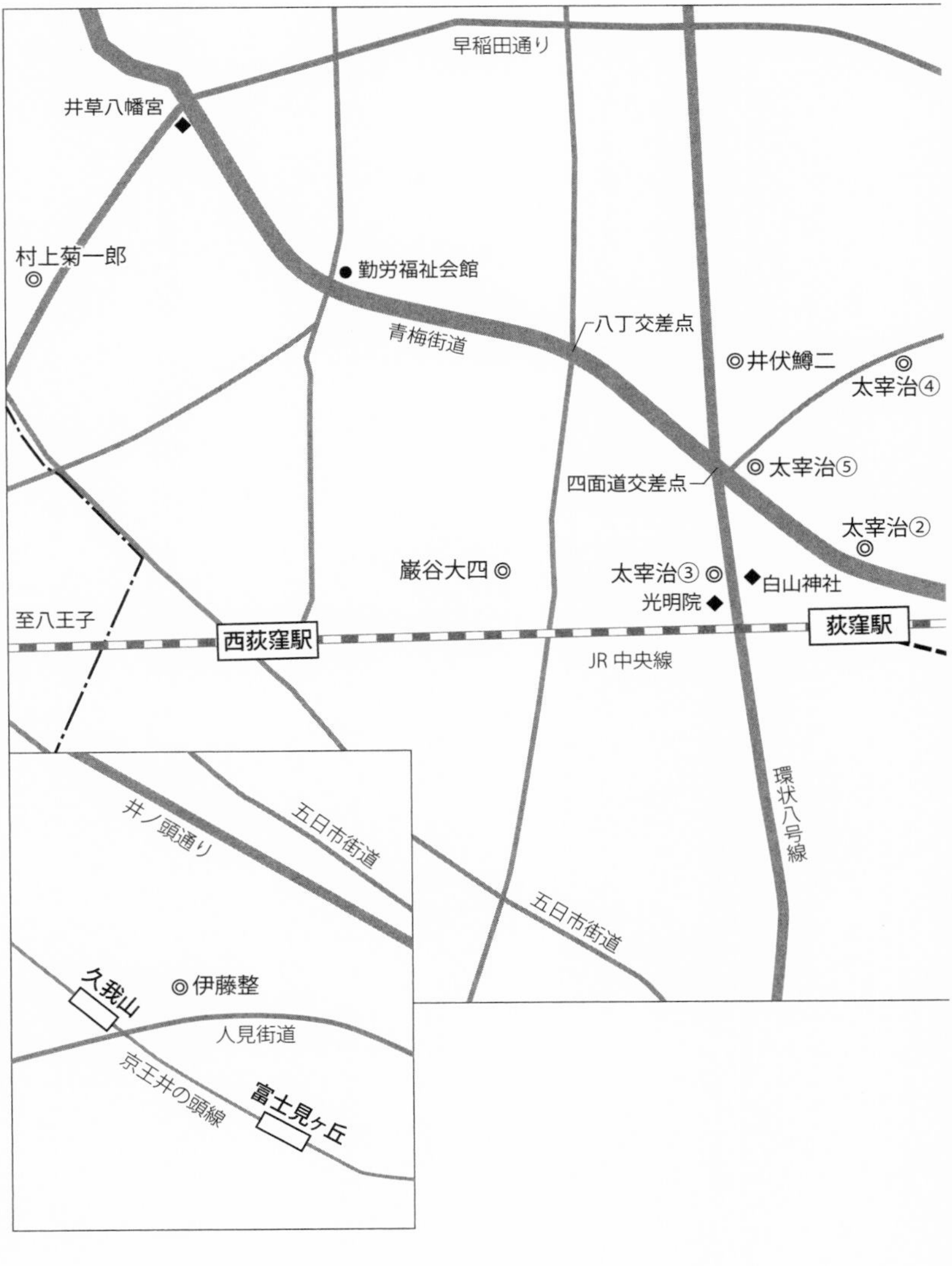

Ⅰ　阿佐ヶ谷風土記

パールセンターの七夕まつり

どちらの駅に急ぐのが正解か

ＪＲ阿佐ケ谷駅と東京メトロ丸ノ内線・南阿佐ケ谷駅のちょうど中間に住んでいる。外出前の支度に時間のかかる質で、忘れものも多い。よって毎回時計をにらみながら走ることになる。

家を出たら右に行き、行きどまりを右折して二辻目を左折する。角はコンクリート製の五角形のアパートで、どんな人が住んでいるのか、何となく気になる。右側は広大なお屋敷で、半分が駐車場。軽い坂道になっているので、面白いように歩が進む。

出張のときはカートを引っ張っているので、ガラガラゴロゴロとんでもない音がする。飛行機や新幹線に乗るために朝早く出ることも多く、きっとさわがしいことだろう。

突き当たりはいわゆる暗渠《あんきょ》で、地下用水が流れている。父が幼いころは開渠だったのだろうか。はまっておへそにたくさん泥が詰まったという話をきかされた。今は落ちないようにふたがしてある。次の角の三軒の住宅は、少し前まではお風呂屋さんだった。

以前は、玄関を出てから三分あれば駅に到着した。今は体力が衰え、駅に通じる道に出たときに三分前なら、なんとか間に合う。

たまさか、魔に魅入られたように一辻目を左折してしまうことがある。右手に『高円寺純情商店街』の作者、ねじめ正一さんのお宅があった。駅に行けることは行けるのだが、少しまわり道になる。しかし、引き返すよりはマシだ。さらにたまさか、この道を工事していることがある。曲がり角に人が立っていて、まっすぐ行ってください、といわれる。

そのくらいなら、最初から別の道を行ったほうが早かった。なぜ入り口に立て看板を立てておかないんだ！　とわめきながら走る。

そもそもこういう事態にならないように余裕をもって出ればよいだけの話なのだが。

ときどき、急ぎの郵便物を持っていることがある。ポストがある通りはさらにまわり道になる。途中で宅急便を出すこともある。宅急便を扱っている店は一辻目でも二辻目でもなく、左折することなく道なりに曲がり、駅ビルに通じる道を左折する。しかし、開店時間前だと出せない。コンビニでも出せるが、駅ビルに通じる道を通りすぎ、駅前の広場まで行かなければならない。レジが混んでいるかもしれない。

ときどき、コピーが必要な書類や楽譜を持っていることがある。コンビニに行くのはよいが、こういうときに限ってコピー機前に人が並んでいる、この場合は、以下の三種類の状況に遭遇することが多い。その一、一人しかコピーしていないが、なぜか延々とやっている。その二、コピー機の前にいる人が操作に手まどり、一枚もコピーできないままいたずらに時間が経過する。その三、迅速に交替するが、一枚コピーしたところで紙補給…と出てくる。

コピーも郵便物も宅急便もなく、道も運良く工事していないときは、そのまま直行することになるが、もっとも近い駅ビルの改札口にも落とし穴がある。

駅ビルの改札口なら、エスカレーターで昇ると時間を節約できる。しかし、駅ビルの開店時間前は使えない。開店後でも、改札口はスイカしか使えない上に、チャージは千円札にかぎる。ここでスイカを忘れた、あるいは千円札が見つからない場合は、もう一度エスカレーターを飛びおり、正式な改札口に行くので時間がかかる。

自宅から地下鉄の駅への道は、たぶんJRに行くよりは近い。家を出たら左に行き、突き当たりを左折してすぐの道を右折する。昔は田んぼの畦道だったようで、細く曲がりくねっている。曲がり角を間違えると、ぐるっとまわって元に戻ってしまう。

青梅街道に出たらまっすぐ歩き、中杉通りとの交差点を渡れば、南阿佐ケ谷駅だ。ものの三分もあれば着く…勘定だが、まっすぐ太い道は、いくら走っても距離が縮まらないような錯覚をおこさせる。最近とみに撫で肩になり、ショルダーバッグがずり落ちる。前方注意を怠ると、自転車とぶつかりそうになる。

途中に消防署があり、消防車や救急車が出動するときは待たなければならない。ときどき、訓練で車が出ることもある。大事なお役目だから心の中で感謝する。

ようよう交差点に行き着いても、信号という難物がある。ここの交通はややこしくて、青梅街道を直進する車の流れ、中杉通りを右折、または左折して駅に行く流れ、駅から走ってきて中杉通りを曲がる流れがあり、歩行者信号は待ち時間が長めに設定されている。駅が目の前なのに、間が悪いと一分半も待たされる。ここでひと電車逃すこともある。

やっと青になって階段を駆け下りる。このとき、電車がくるタイミングだとものすごい突風が吹き、帽子を飛ばされる。帽子を飛ばされるほどの風は、電車がホームにはいる直前だということを示している。よって、拾っている暇はない。必死で帽子をおさえ、もう片方の手でスイカを捜す。

地下鉄丸ノ内線が開通したのは一九六二年。私が中学に上がった年だ。それまでは青梅街道に路面電車が走っていた。西武軌道によって新宿―荻窪間が開通したのは、父もまだ生まれていない大正一〇年（一九二一）のことらしい。朝夕は一時間に一本、日中は二時間に一本程度というから、田舎のバス並みだ。待ち時間を考えれば歩いた方が早く、常にガラガラだったという。車掌と乗客はほとんど顔見知りで、いつも乗る人が来ないと寝坊でもしたんだろうと待っていたので、ダイヤはあってないようなもの、「エンダラ電車」と陰口を叩かれた。

「エンダラ電車」はやがて都電杉並線になり、地下鉄が開通するまで走っていた。私が子供のころ、青梅街道には、普通のバスの他に都電のケーブルを利用したトロリー・バスも走っており、路面電車やタクシーや乗用車とあいまって道路は大変混雑していた。新宿まで車で出ようものなら、一時間かかってしまうこともあった。

今は、ＪＲ中央線で新宿まで九分、地下鉄を使っても一一分で行ける。

阿佐ヶ谷は浅か谷から

「アサガヤ」の表記は三種類あるということを、本書の執筆を通して知った。地名として広く使われているのは阿佐ヶ谷、住所表記は阿佐谷、駅名には阿佐ケ谷。

地名の由来は「浅い谷」からきているらしい。桃園川の浅い谷地だったことから「浅か谷」と呼ばれた。那智神社所蔵の『那智米良文書』には、御師《おし》の応永二七年（一四二〇）の関東行脚の記録として、「中野殿、あさかや殿」と記されていることから、阿佐ヶ谷や中野の地名を名乗る土豪が存在していたことがわかる。

JR阿佐ケ谷駅は西武線と縁が深い。北口からは西武バスで石神井公園行きが出ているが、当時は石神井に城があり、そこを拠点とする豊島氏と東京駅付近に城をかまえていた江戸氏が勢力争いをしていた。西武線には「豊島園」という駅もあり、二〇二〇年八月に閉園した遊園地「としまえん」の最寄り駅だった。

江戸氏はやがて勢力が衰え、太田道灌が江戸城を築城するのが一四五七年。

太田道灌といえば、「山吹の実のひとつだになきぞ悲しき」の伝説で知られる。にわか雨にたたられて蓑を借りようと農家に立ち寄ったところ、娘が一輪の山吹を差し出した。後拾遺和歌集の兼明親王の歌にかけて、山あいの茅葺きの家で貧しく、蓑の持ち合わせがないことを伝えたのだが、道灌にはその意味がわからず、あとで家臣にきいて古歌を知らなかったことを恥じて歌道に励んだというエピソードだ。

一四七六年に長尾景春の乱が起き、太田道灌は長尾側についた豊島泰経・泰明兄弟と江古田・沼袋付近で衝突した。どちらの地名も阿佐ケ谷駅とはなじみ深く、沼袋は北口から中村橋行きのバスに乗って鷺ノ宮で降りて西武新宿線、江古田は終点で降りて西武池袋線に乗り換える。足軽戦術に秀でた道灌側が数で勝る豊島側に勝利し、阿佐ヶ谷一帯も太田道灌に支配されるようになる。

道灌は一四八六年に暗殺され、伊豆の北条氏が関東に進出してくる。二五〇万石という広大な領地を有したが、一五九〇年に豊臣秀吉の小田原征伐で滅亡。一六〇三年に徳川家康が江戸幕府を開いたため、「阿佐ヶ谷村」も、城下ではなかったが「武蔵国」として幕末まで徳川家の支配下にはいる。

商店街のホームページによれば、江戸時代、現在の商店街にあたる道は、練馬の貫井弁天と堀之内の妙法寺へ通じる「参詣の道」として親しまれたそうだ。アーケードの中ほどに今も設置されている青面金剛像と地蔵菩薩像はそのときの名残で、元禄年間に建立されたとある。

やはり元禄年間、五代将軍綱吉の時代に阿佐ヶ谷村で大規模な治水工事がはじまった。それまでの荒れ地を開墾して新田として開発を進めた結果、用水が不足し、善福寺川から桃園川に用水路が掘削されることになったのである。現在の荻窪団地付近から溝を掘り、杉並高校前を通って商店街のサブドーム付近までトンネルを掘って水を通すという、大がかりなもので、私が駅に行くたびに突き当たる暗渠もその名残らしい。

明治維新が起きると、杉並区にあたる地域は管轄が猫の眼のように変わる。明治初年の記録では「阿佐ヶ谷村」は寺社領に管轄されている。明治二年になると品川県の管轄にはいる。二年後にここが東京府になり、杉並地域も編入されるが、翌年にはなぜか神奈川県に移管され、嘆願の末に、「阿佐ヶ谷村」を含む杉並区域二〇村は再び東京府に編入される。明治一一年には郡区町村編制法により、二〇村は東多摩郡に属する。二二年には、町村制施行により東多摩郡杉並村が誕生。二九年には南豊島郡と合併して豊多摩郡となり、一九二四年、大正一三年には町制施行で杉並町になる。

祖父の青柳瑞穂が阿佐ヶ谷に転居するのはこの年である。

東京市が拡大して豊多摩郡を合併し、杉並区が発足するのは昭和七年、市が廃止されて東京都杉並区になるのは昭和一八年。明治維新から七五年が経過したことになる。

現在のＪＲ中央線に当たる甲武鉄道の開設は意外に早く、新宿―立川間が開通し、中野駅が開業したのは明治二二年（一八八九）四月、八王子駅は八月。蒸気機関車が一日四往復走っていた。途中の三駅に各一分ずつ停車して計一時間（今は特別快速で二四分）かかったらしい。

甲武鉄道は明治二七年（一八九四）に市街線を開業し、翌二八年に飯田町駅まで延長。明治三七年（一九〇四）には飯田町―中野間で電車との併用運転を開始。明治三九年（一九〇六）に国有化されて官営鉄道・中央線となった。

「汽笛一声新橋を…」で知られる鉄道唱歌には、明治四四年に作られた中央線バージョンがある。東海道バージョンと同じメロディで「汽笛一声わが汽車は　はや離れたり飯田町」と始まり、三番の歌詞は「大久保つつじの花盛り　柏木　中野に兵営を　見るや荻窪　吉祥寺　境を過ぐれば国分寺」となっている。

柏木は今の東中野で、大正六年に改称された。

中野と境（現在の武蔵境）の間が離れているため、杉並区域には機関車が止まらない。そこで、青梅街道沿いの「井荻村下荻窪（現在の荻窪駅の場所）」が駅の候補地に上がったが、地主が先祖代々の土地を手放すことを拒否。いったんは「杉並村阿佐ヶ谷（現在の「文化学園大学杉並高等学校」付近）」に打診したものの、これまた地主が「蒸気機関車から吹き出る火の粉で村が火事になる」と難色を示したため荻窪に差し戻された。これが明治二四年一二月のことである。

大正八年（一九一九）には中野—吉祥寺間が電化され、人口の増加もあって本数は増えたが、中野—荻窪間にはなかなか駅ができなかった。鉄道省も両駅の中間点に新駅の創設を認めたため、相澤喜兵衛はじめ阿佐ヶ谷村の地主たちはいち早く陳情書を提出したものの、荻窪に近すぎるため難色を示される。大正九年、鉄道省は中野と荻窪の中間点にある馬橋（現・杉並学院の東側）に駅の新設を決定した。ところが、用地提供を求められた村民が「われわれ貧乏人には、鉄道なんかに乗る用事はない。駅ができて得をするのは一部の金持ちだけだ」と反対し、交渉は難航していた。

この話を漏れ聞いた阿佐ヶ谷村の地主たちは、駅用地の寄付を条件に再度陳情したが、「阿佐ヶ谷は中間地点でもなんでもない。それに、あんな竹やぶや杉山ばかりの場所に駅を造るのは無理な話だ」と取り合ってもらえない。ここで阿佐ヶ谷村の相澤代表は一計を案じ、青梅街道の南側（現・成田東四丁目）に住んでいた古谷久綱という愛媛県選出の代議士に、駅誘致への口添えを願いでる。彼は、日韓併合によって日本の皇族に準じる待遇を受けていた李王殿下の教育係だったので政府に顔がきいたらしい。古谷は、阿佐ヶ谷が荻窪に近すぎるなら、中野寄りにもう一駅設置すればよいという妙案を出し、阿佐ヶ谷、高円寺の二駅をつくる方向で鉄道省と交渉する。

ところで、鉄道省が設置を申し入れてきたのは、相澤喜兵衛が招致をもくろんでいた彼自身の土地（現在の阿佐谷南二丁目）ではなかったため、用地提供を呼びかけた三人の地主が難色を示す。やはり先祖代々の土地は手放せないというわけだ。相澤が駅用地の半分を寄付したが、それでも反対があったため、五〇〇坪の代替地を提供し、ようやく大正一一年（一九二二）に阿佐ケ谷駅の開業が実現した。

ちなみに、功績のあった古谷久綱代議士は、中央線沿線の文士が集う「阿佐ヶ谷会」のメンバー、古谷綱武の伯父に当たる。

阿佐ヶ谷の家とピアノ

よく、新聞記事の紹介で「阿佐ヶ谷に生まれ育ち」と書かれるが、実は生まれたのは世田谷区駒沢で、銅版画家・駒井哲郎さんの家のすぐそばだった。

赤ん坊の私はよく駒井さんに抱っこしてもらい、おしっこをもらしたこともあったらしい（ものごころつく前だから覚えていない）。当時の駒井さんは、日本では珍しいエッチングを手がけたこともあって作品は売れず、いつも貧乏だった。みかねた両親は、知人が結婚するたびにお祝いがわりに駒井さんの版画を買って贈った。

その返礼だろうか、家にも駒井さんの「束の間の幻影」や「夜の魚―夢」が飾られていた。駒井さんの仕事場に遊びに行って「丸の内風景」をいただいてきたこともある。今、展覧会などでこれらの作品に高額な値札がついているのを見ると、複雑な気持ちになる。

阿佐ヶ谷の家に引っ越したのは、三歳半のときだ。まだ「さんさいはん」と言えなくて年齢を問われるたびに「みっちゅあん、みっちゅあん」と答えていたらしい。引っ越し直後の写真がある。家の前の路地は今と変わらず、前かけをかけた母が竹箒で門の前を掃いていて、私が全速力でその前を駆けている。その疾走する快感は今もおぼえている。

祖父は青柳瑞穂というフランス文学者で、私たち一家が棟つづきに住んだ家は「阿佐ヶ谷会」の会場だった。井伏鱒二も太宰治もこの門をくぐったはずだが、私はその人たちに会ったこともない（私が生まれる前に亡くなった太宰には会えるはずもないが）。

私にとっての阿佐ヶ谷は、たとえば前の路地でさまざまな年齢の子供たちと遊ぶゴム段や石けりに象徴されていた。ゴム段は走り高跳びで、ゴム輪をいくつも連ねて高く張り、それを飛び越す。飛び越せない子には救済措置もあった。ゴムを複雑なやり方で足に巻きつけ、頭をくぐらせて何とか縄抜けする。成功すれば、飛び越したと同じようにカウントされた。

石けりは地面にろう石でいくつもの丸を書き、目的の場所めがけて石を投げる。どうやったら年上の子たちのようにゴム段をうまく飛び越すことができるのか、思い通りに飛んでくれる石はどうやって見つければよいのか、そんなことばかり考えていた。

子供たちが二列になって歌いながら遊ぶ「花いちもんめ」もよくやったし、太平洋戦争を連想させる「ハワイ・グンカン・チンボツ」というじゃんけん遊びにも興じた。

音楽のほうは、四歳のときから、父がつとめる東京女子大学の合唱団の付属教室に通っていた。佐々木幸徳さんの純正調のメトードによるもので、ひとつの音を声に出すと、それに調和する三度下の音を歌うというシステム。ここでハーモニーの感覚が養われた。

同じく東京女子大のモダン・ダンスのサークルにも通った。音楽に合わせて身体を動かし、お話に合わせて踊りをふりつけていく。なぜか二拍子系より三拍子系が得意だった。ピアノも合唱団の先生に習っていた。小さいころは出げいこに来てくださっていたようで、同じ地所内に住む叔母の家のアップライト（祖父の持ち物だった）でレッスンしてもらっている写真がある。そのうち、井の頭線の久我山まで習いに行くようになった。練習会やクリスマス会に出たときのプログラムが残っている。六歳のときにはＹＭＣＡ講堂の発表会で、クレメンティのソナチネを弾いた。

最初のうちは叔母の家で練習していたが、それでは足りなくなったので五歳のときアップライトのピアノを買ってもらった。母方の郷里は山陰地方の素封家で、山の木を売ったお金で購入したときかされた。プロパン革命が起きる前で、燃料になる木は高く売れた。六歳の秋から桐朋学園「子供のための音楽教室」に通いはじめた。ソルフェージュという音感教育とピアノの実技の二本立てで、年に二回試験があったので、練習量が増えた。ピアノは道に面した食堂兼居間に置いていたのだが、近所からうるさいと苦情が出たので、奥の三畳間の窓を切って押し込んだ。

父が日曜大工で壁紙を張り、カーテンも吊り、なかなかメルヘンチックな三畳間になったが、父の常としてものごとを最後までやらないので、梁が塗り残しのまま放置された。

練習量が増えると遊びも制限されるようになった。小学校三年生の一学期までは地元の区立小学校に通ったが、友達が「あそびましょ」と誘いに来ても「ピアノの練習があるから」と断らなければならない。次第に友達はいなくなり、一人ぼっちの状況を見かねた両親は、その年の夏休みに学芸大附属の大泉小学校への転校を考え、編入試験の準備をさせた。私のほうは、すでにその学校に通っている音楽教室の仲間から「給食がおいしい」ときかされて大いに心ひかれた。

小学校五年生のとき、それまでのアップライトを売って中古のグランドピアノを買った。譜面台が唐草模様にトリミングされているおしゃれなピアノだった。三畳間はグランドを入れるといっぱいになり、横の窪んだところに勉強机を置いた。

そのまま中学、高校と練習しつづけたが、東京藝術大学の入学前、再び騒音問題が起きたので、ロンドンに留学する先輩の部屋をピアノつきで借りることにした。交差点に面したキッチンつき風呂なしのアパートで、代々藝大のピアノ科の学生が借りている。同じフラットには同級生や下級生も住んでいたので、練習時間がすぎると食事をもちよってしゃべったり、一緒に銭湯に行ったり、楽しい共同生活だった。

みんな六畳間にグランドピアノを置いていたが、私はもとが三畳だったので少し広くなったように感じた。

大学三年のとき、ピアノの出げいこに通っていたお弟子さんのお宅が改築され、キッチンつき一〇畳のスタジオができたので、貸していただくことにした。当時は昼夜逆転していて夜中に練習し

庭のびわの木に上る著者（10歳）

たので、いくら防音されているとはいえきっとうるさかっただろう。

一九七五年にフランスに留学することになり、両親は私たちの居住区を改築して二五畳ほどの防音ピアノ室をつくった。留学から帰国するタイミングならともかく、これから行くというときに建てるのはずいぶん奇妙だった。

四年後に帰国。デビュー・リサイタルのあと藝大の博士課程に再入学してドビュッシーの研究。その間に結婚してしばらくの間筑波に転居したが、夫の転勤を機に再び阿佐ヶ谷に戻り、爾来ずっと住んでいる。

ピアノ室にはグランドピアノが二台。スタインウェイのB型は、ハンブルクの工場で名伯楽コンラート・ハンゼンに選んでいただいたものだ。もう一台はヤマハのC7。銀座ヤマハのショールームで出会った。

文筆家も兼ねているので、書斎は別にある。こちらは祖父が、やはり書斎に使っていた奥の八畳で、本棚とパソコンと資料の山でいっぱい。玄関脇の六畳と八畳は祖父が住んでいたころと変わらず、大正年間の古い日本家屋。このスペースが「阿佐ヶ谷会」の会場として使われていたのも、もう六〇年以上前のことだ。

パールセンター

長期の海外滞在から戻ってきたとき、演奏旅行を終えて帰宅したとき、玄関に荷物を置くと、まず阿佐ヶ谷の商店街を歩く。ふっと疲れがとれ、気持ちがやすらぐ。

何も予定がない日も、とくに買い出しの必要がないときでも、日に一度は商店街を歩いているような気がする。

今の阿佐谷南は、青梅街道の杉並区役所前交差点からまっすぐのびる中杉通りと、すぐ横の細長い商店街が平行して走っている。こちらはもともと「権現みち」という細くまがりくねった道で、電車の線路から青梅街道までの間に建っているのは地主の家一軒だけだったという。

大正一一年に、成田東に住む代議士の古谷久綱の尽力で高円寺・阿佐ケ谷駅が開業したことは前に書いた。村の古老は、古谷に礼金を贈ろうとしたが頑として受け取らなかったため、成田東の自宅の玄関から駅まで人力車で楽に通れるように「権現みち」の幅を三間にひろげた。これが商店街の始まりである。

当初は「阿佐ヶ谷南本通り商店街」と呼ばれていたが、長すぎるので一九六〇年に一般公募を行い、「パールセンター」と名づけられた。賞金は、当時としては高価なルノーのミニ乗用車だったという。

私の家から「パールセンター」に行くためには、まず家の前の路地から産業会館通りに出て、中杉通りを突っ切り、中央から商店街にはいる。

左角は、私が子供のころからある「稲毛屋」という鶏肉屋さん。なぜかドジョウも商っている。昔は木、今はステンレスの桶にいっぱいに水をはった中で、ドジョウが空気を吸うために水面に浮かび上がってはまた沈み、その動作をくり返している。いつまで見ていても飽きない。幼いころは、買い物に出るとこの店の前で動かなくて母が困ったそうだ。

ドジョウには大小あり、それぞれ身のくねらし方が違う。満員電車なみの混雑ぶりなので、水面に浮かびあがるにも競争があるようだ。太く、力強いくねらしぶりのドジョウは、仲間をおしのけて頻繁に浮かびあがるように見える（気のせいかもしれない）。細身のドジョウはその点、いくぶん不利なようだ。細いのも太いのも入り乱れて、一定のリズムがあるようなないような、ランダムなようで意外に整然と浮かびあがるさまをみていると、ミニマル・ミュージックの群舞を思い浮かべ、一種のトランス状態にはいる。

パールセンターを左に曲がるとJRの駅の方向に行く。右側にはメンズ・ショップ「カワムラ」。紳士洋品のお店で、店主の河村正明さんは商店街振興組合の理事長。先代のお嬢さんと結婚して阿佐ヶ谷の店を継いだ。年に一度の「七夕まつり」では、各商店の店主たちと力を合わせて成功に導く。

斜め左の「キクヤ」という洋酒店は間口が狭くて奥ゆきがあり、イタリアの店のよう。ときどき店頭のデイリーワインを買う。ごくたまに、店主おすすめの高めのワインを買う。ここのお嬢さんはウチの娘と小学校の同級生だった。もうお嫁さんに行ったようで、いつかおかみさんが奥のレジで小さな赤ちゃんをあやしていた。

「しんかい刃物店」も昔からある店だ。おテンバ娘でラジオの赤胴鈴之助にあこがれていた私は、刀やナイフが大好きで、この店もいったんはいったらなかなか出ようとしなかった。ショーウィンドーにコインの中に仕込んだナイフを発見したときは興奮した。愛読していた児童小説にそれを使って主人公が脱獄するシーンがあったからだ。買おうと思ったが持ち合わせがなく、次に行ったときはあとかたもなく消えていた。

なくなってしまった店もある。

靴の「サトウ」は、いつも店頭に恰幅のよいおじさんが立っていた。ここの靴は履きやすく、デザインも可愛くて大好きだった。ねじめ民芸店は、作家ねじめ正一さんのお店。パリに行く前には、フランス人のおみやげ用にちょっとした小物を買ったものだ。乾物屋の「川口屋」は大正一一年創業。つい最近まで営業していたが、ついに閉店してしまった。

文房具屋さんはパールセンターに三軒もあったのに全部なくなり、北口に一軒あるだけになった。「竹多屋文具店」には丸い顔のおじさんと細長い顔のおじさんが二人いて、どんなささやかな買い物をしても丁寧に紙の袋に入れてくれた。もう少し駅寄りの「まことや」では、いつも眠そうな鼻声のおじさんが店番をしていたが、あんまりやる気がなさそうだった。

昭和七年に創業したという「柏屋文具店」は、おじさんもおかみさんも働き者。二〇〇円買うごとに黄色いサービス券がつき、二〇枚溜めると二〇〇円の買い物ができる。ちょうど二〇枚溜まっているのだが、交換する前にお店がなくなってしまった。

子供のころ、「稲毛屋」と同じぐらい私が止まって動かなくなったのは、商店街の中程にある漢方薬の店だった。ショーウィンドーには数々の薬草の他、焼酎のビンの中でとぐろを巻くマムシやイモリの蒸し焼きがズラリと並んでいたが、一番ショッキングなのは猿の頭の黒焼。猿頭霜《えんとうそう》と言って脳疾患に用いられるらしいが、こぶし大の黒々した頭がケースにはいっていて、くぼんだ眼窩がまっすぐこちらをみている様子はなかなかに怖かった。

戦後すぐ、昭和二一年から二二年にかけて阿佐ヶ谷に住んでいた真尾悦子さんの『阿佐ヶ谷貧乏物語』（筑摩書房）にこの漢方薬の店が出てくる。喘息で苦しむ真尾さんのご主人が薬を買いにくるのだが、「体が温まる」と勧められてモグラの黒焼きを煎じて飲み、店先でマムシの生き血を飲み下す日もあったという。

やはり商店街の中程にあった「吉沢精肉店」は、トンカツやソテーをつくるときに豚ロースを買った店だ。母が注文すると、店主は冷蔵庫からロース肉の塊を出してくる。肉の塊は白い脂肪でおおわれ、断面だけがバラ色をしていた。その肉の塊をまな板の上にのせると、刃わたりの長い包丁で注文枚数ぶんにカットする。それでおしまいかと思っていると、一枚一枚、余分な脂肪を取り除き、肉たたきで叩き、最後に縦に切れ目を入れる。こうすると、肉を焼いたときに縮まないですむのだ。作業をすべて終えると、竹の経木を出してきて肉を包み、最後にしゅっと端を引いて長いひも状にすると、それで結ぶ。一連の作業にまったく無駄がなく、手早く、しかし丁寧で毎回見ほれていた。

もう少し駅寄りに進んだ路地の奥は、今はパチンコ屋になっているが、昔は台湾料理の店があった。豚の網脂で包んで揚げた春巻きは、つけあわせの大根の漬け物とともに一家の大好物だった。ペコペコしたプラスチックの入れ物のへりに真っ赤なケチャップが添えてあった。そのときの食事を愉しんだ父も母も、もうこの世にいない。

七夕まつり

阿佐ヶ谷のパールセンターといったら、七夕まつりである。

月遅れ（月暦）のお盆に当たる八月七日を中心に五日間開催される。よく「旧暦のお盆」と言われるが、大正一一年から商店街に店を出している「とらや椿山」の古老によればそれは間違いで、陽暦は年によってばらつきがあるため、七月七日の七夕さまのひと月遅れにしているという。

初回の開催は一九五四年。電気冷蔵庫が珍しい時代で、冷暖房の設備もなく、暑いさかりの八月にも商店街に足を運んでもらえるようにと、阿佐ヶ谷地区の集客が目的だったという。私が阿佐ヶ谷に移り住んだのが一九五三年だから、ものごころついたときにはもう七夕があったことになる。

商店街のホームページには、パールセンターがまだ「阿佐ヶ谷南本通り商店街」と呼ばれていたころ、昭和三〇年代前半の「七夕祭りビックリ超特売！」のチラシが紹介されている。なつかしい店、今でも営業している店、いろいろだ。

今のパールセンターはドラッグストアだらけで、「サンドラッグ」、「ココカラファイン」、「マツモトキヨシ」、「スギ薬局」と乱立しているのに、「石井薬局」（各種殺虫剤1〜3割引）が残っているのはすごい。「松葉薬局」（脱脂綿50g4ケ100円）は、二年前から「銀だこハイボール酒場」に。

昭和三〇年代前半といえば、電化製品が出まわり出したころで、「阿佐ヶ谷南本通り商店街」にも「三輪無線」（電球65円の品を45円）、「城西無線」（全品大特価）、「よもや」（電球65円の品を45円）と三軒あったうち「よもや」だけがなくなった。

眼鏡の「小川屋」（絹天ケース、80円の品を50円）や時計の「サワノ」（謝恩大奉仕・メガネ2割引）、「中村時計店」（時計・バンド・サングラス特別2割引！）、メガネの「金正堂」（全商品1割引・サングラスは2割引）、時計の「酒井」（時計・バンド・喫煙具全品2割引）と消えた中で、唯一残っているのは「オオクボ」（時計バンド、クサリ、メガネ2割引）。ここではときどき腕時計の電池を交換してもらう。

昭和三〇年代前半はまだまだ和服を着る人も多かったのだろう。「絹屋」（東京本染ゆかた1反1000円の品500円均一）や「ムサシ屋」（オール夏もの赤札付特売）、「丸百」（赤札特売）と並んでいた中で、残ったのは「越後屋呉服店」（ゆかた980円を390円）だけ。ここではときどき店頭にディスプレイされている子供用の甚平さんを買う。かまぼこの「蒲重」（いんげん揚1枚5円の品を4円）と「愛川屋」（揚物赤札大特売）は通りをはさんで斜め向かいにあったが、今は「蒲重」だけ。「愛川屋」の店の娘さんは小学校時代の同級生で、大きな目の彼女そっくりのおかみさんが、頭を白い頭巾に包み、割烹着姿で練り物を売っていた。

小間物の「平田屋」は、今は化粧品店。化粧品の「初美屋」とお茶・海苔の「松美園」は、今はフリースペース。駅前の菓子店「とらや」は大正一一年創業。老舗の虎屋とは関係なく、先代の坂井寅三郎さんの名前からとっている。のちに「とらや椿山」と改名し、青梅街道寄りに移転した。

おもちゃの「有明」、ふとんの「松田屋」、洋装の「ミシマ」、家具の「よだ六」。なつかしい！ 子供のころの七夕まつりの記憶といったら、とにかく「歩けない」だった。あまり幅の広くない通りに人がぎゅう詰めになって、みんな上を向いて飾りを観ている。ぎゅう詰めのままゆっくり、ゆっくり進む。

アーケードの入り口には巨大なくす玉飾りが設置され、短冊をたくさん下げた笹竹や吹き流し、提灯の他に、各商店が商品や店名にちなんだ張りぼての飾りをつくる。「テングヤ」さんという洋品店の軒先には、いつも巨大なテングがぶらさがっていたし、「ムサシ屋」さんの前では武蔵坊弁慶が刀を抜き、「とらや」さんの前には大きなキバをむき出した、でもどこか愛らしいトラの張りぼて。「三輪無線」さんの前では電気で動く怪獣が唸り声をあげ、子供たちを怖がらせていた。

最近の七夕で異彩を放っていたのは、仲良く並んだトランプと金正恩の張りぼて人形。トランプ人形は鬘のような金髪であごがほとんどなく、黒髪に黒眼鏡の金正恩はほっぺがそら豆型。二人ともおちょぼ口。

飾りの品評会もあり、金賞、銀賞などの短冊が直接張り付けられている。

左右の商店は軒並み屋台を出して、客引きをしている。スーパーボールや金魚すくい、ヨーヨーつり、射的、輪投げの景品はおもちゃ。浴衣姿の子供たちがむらがっている。

生ビールの値段は三〇〇円から五〇〇円。駅のそばほど高く、青梅街道に近づくにつれて安くなるような気がする。つまみは揚げパスタ、ポテトフライ、フランクフルト、イカ焼き。甘味系ではたいやき、チョコバナナ、りんごあめ。

駅側の入り口にある菓子舗「鉢の木」は一日三〇〇杯限定のかき氷で有名。氷とシロップを三回くり返しかけながら盛り上げていく。練乳かけ放題で行列ができる。

角打ちで知られる「酒ノみつや」の前にはパスタのパエリャの屋台があり、巨大な鍋で作りつつ売っている。まずイカや海老などの魚介類を炒め、パエリャソースを注いで乾めんのスパゲッティを山盛りに入れる。かきまぜているうちにめんがソースを吸ってやわらかくなる。ムール貝つきで七〇〇円。この場所だけは順番待ちの客の列がうずを巻いている。やっと売ってもらえても人込みで食べる場所がないので、中杉通りに抜ける横道に陣取る。夜風に吹かれながら道端で食べるパエリャはとてもおいしい。

最初のころは商店街に屋根がなく、雨がふると飾りが濡れてしまって大変だった。一九六二年にアーケードが設置されたが、真珠貝を模したと思われるパステルカラーの屋根に原色の多い七夕の飾りは、どこかそぐわなかった。一九九九年、阪神淡路大震災の教訓から、屋根が自動で開閉する二代目アーケードが完成した。

ねじめ正一の小説『熊谷突撃商店』に登場する熊谷商店があったすずらん通りは、パールセンターから枝わかれした一五〇メートルほどの短い通り。パールセンターとは一線を画しており、ここにはアーケードが設置されなかった。これは今でもそう。でも、飾りが空に映えてずっと七夕らしい。

熊谷商店と松田優作

屋根がないからか、もともとなのか、すずらん通りのほうがパールセンターより庶民的だ。枝わかれしたところにクリオレミントンハウスのマンションが建設されたので、高級化するかと思ったら相変わらず庶民的。

そのレミントンハウスの一階に店を出している「串カツ屋エベス」にはたまに行く。

おまかせ串カツ三本と生中で五五〇円の「ノミスケセット」はじめ、特製の六種類のソースでいただく串カツは一本百円から。ワイン持ち込み千円もあり。いくら飲み食いしても三千円を超えることはなく、中杉通りにあったチェーン店「串カツ田中」よりずっと安い。串カツというとカロリー多めで気になるものだが、このお店は「天使の衣」というらしく、キメの細かいパン粉を使い、油吸いをギリギリまでおさえている。独自配合の油でカラッと揚げてあるから全然もたれない。「二度づけ厳禁」のメインソースにハムカツに合うマスタードソース、肉類に合う濃厚味噌ソース、塩ポン酢やサクラの塩もあるが、私が好きだったのは辛いソース。青いハバネロを使用して、ちょっとタイのグリーンカレーのよう。

揚げているのは、いかにも職人肌のおじさん。注文を取りにくるのは大きな目のあんちゃん。当然、おじさんが店主かと思ったら、あんちゃんが二〇年前に創業した店らしい。

脱サラで修行して、最初は焼鳥屋として始めた、とは店主の川名洋彦さん。会社帰りのおじさんが飲みにくる店だったが、メニューの一環として串揚げを出したところ評判がよかったので思い切ってそちら一本にした。春は菜の花やタラの芽、ワカサギなど、季節感を出せるのが強み。串カツ専門店にしてから女性客が増えたという。

悩みもある。昔は木造の二階建てだったが、マンションの一階にはいってからは平屋になった。なじみのお客さんは変わらないが、まわりの雰囲気がすっかり変わってしまった。あるときサスペンスドラマのチームが撮影に来たが、犯人が薄暗い横丁に逃げるというシチュエーションに合わないからとそのまま帰ってしまったそうだ。

ねじめ正一さんの小説によれば昭和四〇年に開店した「熊谷商店」は、作品の中では「スズラン通り商店街中ほどにある」と書かれているが、実際にはパールセンターと枝分かれしてすぐの右手、古道具屋さんの隣にあったように記憶している。

「外から見ると二階建て、中は三階建ての店舗併用住宅が、ここ十二年間の熊谷家の住まいである。一階が店、二階が倉庫と風呂場とダイニングキッチンとキヨ子の部屋、三階の三部屋は娘たちが一部屋ずつ使っていたが、長女のかおりも次女の有実も結婚した今は、仕切り壁をぶち抜いて末娘の美里が一人で使っている」

この「キヨ子」のモデルが、熊谷商店の店主熊谷清子さんである。私はたぶん、「熊谷商店」には一度か二度しかお邪魔したことがない。ごく普通の婦人用品店なのだが、店番しているおかみさんの目力がめっぽう強い。きれいな人だなぁとは思ったが、まさかNHKの朝ドラ「マー姉ちゃん」で人気爆発した熊谷真実、妻子ある俳優、松田優作との結婚で話題を呼んだ美由紀姉妹のお母さんだとは、当時は知らなかった。

『熊谷突撃商店』を読むと、女好きで、会う女性ひとりひとりを真剣に好きになってしまう旦那さまと、旦那さまの連れ子と自分の娘二人をかかえ、仕入れも客あしらいもうまいやり手のおかみさんというイメージだ。

私が見かけた清子さんはそんな印象はなかった。むしろ地味な洋品店の奥でひっそりと店番をしているという感じ、品物を物色していても、本に書いてあるように寄ってきてすすめたり煽ったりということはなかった。

私が行ったときがたまたまそうだったのかもしれない。あるいは、もう病気で元気がなくなっていたのかもしれない。ねじめさんが小説の最後の章の第一稿を書き上げたころ、清子さんは重篤な病気に罹り、一九九六年に亡くなった。

すずらん通りをもう少し青梅街道方面に歩くと、左側に「ひなた食堂」がある。五〇年つづく店ということで、昔は本当に食堂だったのだろうが、現在はテイクアウトのみ。

店頭の長テーブルの上にパックに入ったお惣菜が並べられている。一パックなら二二〇円、三パックで五四〇円。中身はバチまぐろのねぎま煮、すずきのカブト煮、ブリかまとマグロのつみれ、鯛の頭の煮つけ、ポテトサラダ、なすみそ炒め、八宝菜、野菜の煮物、わたり蟹の豆腐あえ、とりももワイン煮、豚の角煮、おでんなど、日によってさまざま。

横には冷蔵庫もあり、お刺身が売られている。シメサバは五〇〇円、本まぐろも六〇〇円という安さで、たっぷり脂が乗っていておいしい。

五年ほど前、松田優作と美由紀の間に生まれた次男の翔太がこの店を訪れるところをテレビで流していた。日本テレビの「火曜サプライズ」で、ウエンツ瑛士がゲストの翔太と元AKB48の前田敦子とともにすずらん商店街をめぐるという趣向だ。

阿佐ヶ谷には「祖母」（熊谷清子さんのこと）が住んでいたが今はゆかりがないと話す翔太は、「ひなた食堂」のことも商店街のことも何もおぼえていないが、お店の人たちは彼のことをよくおぼえている。一九八五年に生まれ、二〇歳のときに少女マンガを原作にしたドラマ「花より男子」で人気が出た翔太は、二〇一五年に前田と「イニシエーション・ラブ」という映画に出演している。番組もこの映画の宣伝のためらしい。

『熊谷突撃商店』では、熊谷美由紀と松田優作の恋を――当然のことながら――熊谷家寄りの視点で描いているが、先妻の美智子も力のある書き手で、離婚後はシナリオライターを経てノンフィクション作家に転身し、『永遠の挑発――松田優作との21年』（リム出版）、二〇〇八年に『越境者松田優作』（新潮社）を上梓している。

「エキセントリックで、一緒にいると本当に色んなことが起きました。二二、三歳の役者はみんなそういうものだったけれど、優作の場合は喧嘩とか身体を使ったエキセントリックさ」と、美智子は「ＡＥＲＡｄｏｔ.」のインタビューで語る。

『熊谷突撃商店』にも、役作りで悩んだ優平（優作）が美里（美由紀）に暴力をふるい、キヨ子が短刀をポケットにしのばせて娘を取り返しに行くシーンが出てくる。

ねじめさんは癌に侵された優作がスピリチュアルなものにはまっていく様子を包み込むように静かな筆致で描いているが、当時の主治医に取材した美智子は「現実的な病状の説明は曖昧だった」という感想をもつ。

「末期的症状を告げないことが、優作に希望をもたらしていたのだろうし、医師の判断が間違っていたとまでは言えないが、精神論がメインの会話だったとすれば、医師というよりは宗教家に近い」

ひとつの物語をつくる作家と、現実にどこまでも切り込んでいくノンフィクション作家のスタンスの違いだろうか。

花籠部屋

私が育ったころ、阿佐ヶ谷は相撲の町だった。

三年生の夏まで通った杉並第七小学校の目の前には花籠部屋があり、初代若乃花（元横綱貴乃花の叔父）が君臨していた。彼が優勝すると、パレードが通る商店街は人でいっぱいになり、買い物ができないと母がこぼしていた。

その後大鵬が出現して優勝回数を塗り変えてしまったが、それまでは双葉山の一二回（年二場所制だからすごい）が最高で、栃錦・若乃花の一〇回はそれにつぐものだった。

栃錦も若乃花も身体は小さかったが、腰の力が強かったように思う。まわしをつけた力士の、横から見た腰のくぼみが私は好きで、これがないとお相撲さんのような気がしない。栃若時代、柏鵬時代には、頭をつけてもぐるのが専門の「潜航艇・岩風」、懐にはいっての掛け投げが得意な「けんけんの若ノ海」、両まわしをとったら何がなんでも吊りに行く「起重機・明武谷」、大鵬でも柏戸でも土俵際で逆転してしまう「うっちゃりの北葉山」など、腰の強い力士が活躍していた。

これはテレビで見る相撲取り。目の前に見る現実のお相撲さんは、いつもタバコをくゆらしながら自転車に乗っていた。若乃花は浴衣姿におしゃれなベレー帽をかぶっていた。彼はまだ軽量だったが、ハイティーン小結として話題になり、塩をまく量でも人気を呼んだ若秩父などは巨体なのに自転車に乗り、タイヤは完全につぶれていた。キューピー人形のようにつるつる肌の若秩父は、美男力士の若三杉といつもキャッチボールをしていた。

花籠部屋のもとは、一九四八年、二所ノ関部屋の幕内力士が阿佐ヶ谷の日大相撲部の宿舎に間借りして開いた大ノ海道場である。八人の内弟子には、のちに横綱になる初代若乃花やのちの小結若ノ海がいた。大ノ海は一九五二年に引退して年寄り芝田山を襲名したが、翌年花籠に名跡変更して「花籠部屋」となり、日大相撲部の隣に部屋を建設した。

この大ノ海の自宅が今の産業会館通りにあり、立派な門の前には巨大な柴犬が飼われており、ウチの小さな雑種犬はこわがって道を進んでくれず困ったことを思い出す。

「花籠部屋」創設当時は幕内上位にいた若乃花は、一九五八年に横綱に昇進。一九六二年に引退したあとは成田東に二子山部屋を設立。このとき、のちにタレントに転身する龍虎は移籍が認められず、花籠部屋に残った。龍虎は美男力士として人気を集めたが、二度のアキレス腱断裂で引退。いなせな俳優としても活躍した。一九六五年には、のちに大関になる末弟貴ノ花、六八年には五六代横綱若乃花（二代目）とのちの五九代横綱の隆の里、七五年にのちの大関若島津、のちに花籠親方となる大寿山が初土俵を踏んでいる。

二代目若乃花は隆の里と同時期に青森でスカウトされ、同じ夜行列車で上京した。親方は二人が途中下車しないようにひと晩中寝ずの番をしたという。出世は若乃花のほうが早く、一九七八年に横綱に昇進した。甘いマスクで人気があったが、北の湖全盛時代と重なって優勝回数は四回、一九八三年に二九歳の若さで引退し、間垣部屋を創設した。

同じ年に、同時入門の隆の里が横綱に昇進している。長く糖尿病と戦ったが、二子山親方がよき理解者となり治療に協力。ＮＨＫのテレビ小説のタイトルにちなんで「おしん横綱」と呼ばれた。一九八六年に引退。優勝は若乃花と同じく四回だった。八九年に鳴戸部屋を設立、のちの横綱稀勢の里、大関高安を育てた。

「角界のプリンス」と呼ばれた貴ノ花は一九五〇年二月一九日生まれ。早生まれなので私の一学年上に当たる。青梅街道を隔てた東田中学時代に水泳で中学新記録を出し、オリンピック候補と騒がれたが、「水泳じゃメシは食えない」という名言を残して一九六五年に二子山部屋に入門。一九七〇年に女優の藤田憲子と結婚、のちの横綱若乃花、貴乃花の兄弟が生まれる。

貴ノ花は大関で二度の優勝を飾り、一九八〇年に引退して年寄り鳴戸を襲名し、一九八二年に藤島に名跡変更して中野新橋に部屋を興した。一九九三年に二子山親方と名跡交換して二子山部屋を継承。一挙に大部屋になった。九四年には貴ノ浪が大関に、次男の貴乃花が横綱に昇進、九八年には長男の若乃花も横綱に昇進するなど栄華をきわめたが、次第に兄弟の不仲に悩まされるようになる。二〇〇三年に貴乃花が引退すると部屋を譲り、二子山部屋は貴乃花部屋となった。

貴ノ花のライヴァルだった輪島は日大相撲部出身。型通り花籠部屋に入門し、一九七〇年、卒業前に幕下付け出しで初土俵を踏むと、一九七二年に貴ノ花と同時に大関に昇進。七三年には初土俵後わずか三年半で横綱に昇進。学生出身力士は大成しないというジンクスを破って史上初の学士横綱となり、若乃花を上回る優勝一四回を記録するなど花籠部屋の繁栄に貢献した。

一九八一年に引退して部屋を継いだものの、一九八五年一一月、自身の年寄株を担保に多額の借金をしていた事件が発覚した。この事件を報じた新聞を、当の輪島自身が駅の売店で買っている姿を目撃したことがある。

同年一二月に輪島は廃業を表明。日大柔道部出身の元大関魁傑の放駒、元関脇若秩父の常盤山に部屋の継承を打診するも断られ、花籠部屋はいったん消滅。所属力士は、二子山親方（初代若乃花）の指令で元大関魁傑が興した放駒部屋に移籍した。一九八六年五月には先代の花籠未亡人が首吊り自殺するという悲劇も起きた。

放駒親方は一九七九年に引退して花籠部屋付きの親方として指導していたが、一九八一年に大乃国ほか数人を連れて分家独立、青梅街道沿いに部屋を創設した。花籠部屋を吸収したために一挙に大部屋になり、一九八七年には大乃国が横綱に昇進した。放駒親方自身も二〇一〇年〜一二年まで相撲協会理事長をつとめ、真摯に八百長問題にとりくんだ。

しばらく消滅していた花籠部屋を再興したのは、元関脇の大寿山である。九一年に引退して二子山部屋つきの親方をつとめていたが、九二年に内弟子を連れて独立。東京都内は地価が高騰して入手できなかったため、山梨県北都留郡上野原町に部屋を設立した。山梨県初の相撲部屋ではあったが、あまりに遠すぎて支障をきたしたため、九八年に墨田区に移転。二〇一二年、部屋の経営難を理由に二所ノ関一門の峰崎部屋（元幕内三杉磯）に吸収される。

翌一三年、放駒部屋も親方の定年にともなって閉鎖されてしまったし、相撲の町阿佐ヶ谷に残っているのは、「技のデパート」舞の海や「ロボコップ」高見盛（現・東関親方）を生んだ日大相撲部だけになった。

阿佐ヶ谷のスーパー

阿佐ケ谷は、ＪＲ中央線の高円寺、荻窪に隣接している。平日は快速電車が止まるが、土曜日と休日は高円寺、阿佐ケ谷は通りすぎてしまう。

これは一九六六年に中野―荻窪間が複々線化されて以来のことで、当初は休日だけだったが、一九九四年には土曜日も休日ダイヤが施行されたため、土日の快速は両駅を通過するので不便になった（だから明治二四年に阿佐ケ谷駅を創設しておけばよかったのだ）。

しかし、杉並中央郵便局も杉並税務署も成田東にあるため、不在配達された郵便物を受け取るときや、確定申告の季節は阿佐ヶ谷がだんぜん便利だ。

土地柄としては荻窪ほど高級指向ではなく高円寺ほど庶民的でもない。若者は高円寺に住むし、若いカップルは阿佐ヶ谷に住み、家族が増えると八王子あたりに転居していく。荻窪の「ザ・ガーデン自由が丘」のような高級スーパーは阿佐ヶ谷には居つきにくい。その昔駅ビルの「ダイヤ街」の二階全フロアに「シズオカヤ」という大型スーパーがあり、今の「成城石井」に近い高級な食材も売っていたが、すぐになくなってしまった。

今は駅ビル「ビーンズ」の一階に「デイリーテーブル紀ノ国屋」がはいっていて、プチ贅沢を満喫させてくれる。もっともエスニック系なら二階の「カルディ」に行くし、駅前に西友やヨークフーズもある。

阿佐ヶ谷で最初のスーパーマーケットは東光ストアだった。記録を見ると、東急百貨店を母体とする東横興業株式会社としてスタートしたのが一九五六年。五七年に白木興業株式会社を吸収合併して五反田と大森、高円寺店の営業をひきつぎ、商号を東光ストアに変更。五八年には高円寺店二階に木製ゴンドラケースによるオープン陳列をおこなって初のセルフサービス方式を導入、本格的にチェーン展開した、とある。

しかし、当時生鮮食料品はあらかじめ包装しておけない商品と考えられていたため、相変わらず対面販売が実施されていた。五九年に開設した荻窪店ではじめて、商品の事前包装や値札付けが導入され、全商品がセルフサービスで販売されるようになった。

東光ストアの阿佐ヶ谷店は一九六一年に開店し、一九七〇年までつづいた。ということは、私の小学校高学年から大学二年まで。記録によると、六六年には果物を自社で生産し、生鮮食料品直営化の一号店となったとある。

場所は、現在のマクドナルドのあたりだったように記憶している。

初期のスーパーは、品揃えが少なかった。一九七〇年代の後半、父の学会につきあってまだ共産圏だったプラハに行ったとき、スーパーの棚の閑散とした風景が開店当初の東光ストアを連想させたのをおぼえている。

一九七〇年一〇月、東光ストアと入れ代わるようにして北口に西友ストアが開店。地下一階地上六階の総合スーパーで、各フロアは生鮮食料品から日用品、ファッション、生活用品、電化製品と分かれ、屋上にはデパート並に遊園地まであった。

いっぽう、東光ストアは、七五年に商号を「東急ストア」と改め、一九八八年には阿佐ヶ谷駅北口再開発によるモール「パサージュ」の地下一階にオープンした。以降二二年間営業していたが、二〇一〇年五月に閉店。半年後にイトーヨーカドー（現ヨークフーズ）がはいっている。

記憶にあるスーパー開店でもっともインパクトが強かったのは、パールセンターの青梅街道寄りに今も営業している「大丸ピーコック（現ピーコックストア）」だ。かんじんの開店年がはっきりしないのだが、昭和三五年の商店街の地図には載っていないけれど、三八年の古地図ではすでに存在しているから、三六年ぐらいだろうか。

現在は一階のみで、地下にはダイソー、二階には「ファッションセンター　しまむら」が入っているが、当時は一階が生鮮食料品や乳製品、穀類やめん類、調味料、地下一階には酒類、冷凍食品、お茶とお菓子、家庭用品などがあり、品揃えが豊富で高級感があった。

ピーコックより少し駅寄りの阪急共栄ストアーはずっと庶民的で、食料品の他に衣類も売っていた。のちに「ファッションプラザ　ヌマヤ」となり、地下は寝具・日用品、一階は紳士・婦人用品や靴、二階は子供服、和服のフロアーで、いずれも驚くほど安かった。現在は「ココス　ナカムラ」というスーパーがはいっている。

阿佐ヶ谷のスーパーは、開店当初は高級食材も売っているが、次第に撤退するというイメージがある。ヨークフーズの肉売り場でも、最初のうちは豚の骨つき厚切り肉を置いていてパーティ料理に重宝したものだが、すぐに見かけなくなった。

宴会好きの私は、日々のお惣菜より十人前ぐらいの料理をつくる方が得意。仕事でパリの短期アパルトマンに滞在するときは、ジゴ・ダニョー（羊の股肉）やブフ・ブルギニョン（すね肉のワイン煮込み）、ほろほろ鳥や鴨のローストなどを作ってふるまうが、阿佐ヶ谷のスーパーではなかなか食材がそろわない。

今の私が、たとえばチュニジア料理のクスクスを作ろうとするとどれだけの店を行脚することになるか。家から徒歩圏内のスーパーは、パールセンターのアキダイ、高野青果、ピーコック、駅ビルガード下、北口の西友ストア、そしてヨークフーズだが、このうち一番遠いヨークフーズに行くことはまずないだろう。

まずトマトソースだ。すぐつぶれそうな熟した大きなトマトは、さすがに八百屋さんだけあって高野青果が一番。運がよければ箱ごとゆずってもらおう。ニンジンも、たぶんひと山いくらで売っている。ついでにナスやセロリも購入。ズッキーニは…。これが問題だ。高野に細いものしかなければ、少し先のアキダイにまわる。太いものが一本百円で出ていれば御の字。キノコ類も立派なマイタケやエリンギを二個一五〇円で売っているアキダイがよい。マッシュルームは…。これは意外にガード下の「九州屋」が優れ物。でも、アキダイからどんなに急いでも五分はかかる。

クスクスの上に乗せる骨つきの鳥モモ肉は、運がよければピーコックに二、三本出ている。高野やアキダイの鳥モモ肉は冷凍だから美味しくない。でも、オードブルで評判がよい鴨ロース肉はアキダイのが一番立派。骨つきの羊肉は…。こちらも運がよければイトーヨーカドーに置いている。西友に行くと、たぶん小ぶりのものをパックに入れて売っているだろう。骨つきではないが、ガード下の肉屋ではラムの厚切り肉を比較的安価で買える。チョリソーは…やはりガード下で激辛チョリソーを売っている。

肝心のクスクスは…駅ビル二階の「カルディ」で全粒粉のものを買う。辛味づけのアリサ・ソースは…これも運がよければ駅ビルかパールセンター中程の「カルディ」で買えるだろう。ついでにひよこ豆の缶詰も購入。

アフリカとは関係ないが、フランス料理の鴨コンフィはアキダイのさらに青梅街道寄りのイオンマーケットの冷凍庫に入っている。ここには、ベルギー産のムール貝マリネの冷凍もある。しかし、フォアグラや、フォアグラをとったあとのマグレ・ド・カナール（鴨胸肉）は…今のところネット通販に頼るしかない。

Ⅱ 文学青年窶《やつ》れ

青柳瑞穂

小田嶽夫

井伏鱒二

荻窪風土記

高円寺と阿佐ヶ谷と荻窪、どこが一番住みやすい？　という話はよくする。家賃が一番安いのは高円寺。財布に優しい飲食店も古着屋も古本屋も高円寺が多い。家賃が一番高いのは荻窪。土日休日に快速が止まるからか、高円寺と比較すると平均で二万円ぐらいちがう。飲食店も本物指向で、老舗「ハシモト」はじめフレンチが多い。阿佐ヶ谷にもフレンチはあるが、一万円超えは「ラ・メゾン・クルティーヌ」だけ。

荻窪といえばラーメンだが、老舗「春木屋」の中華そばは一杯八五〇円、わんたん麵は一二五〇円もする。根が庶民派なので、青梅街道を歩いて南阿佐ヶ谷の「和佐家」に行く。

井伏鱒二が昭和二年五月に「大体のところ荻窪へ転居することにして」中央線を阿佐ヶ谷で降りた、という『荻窪風土記』のエピソードは、だからずっと不思議だった。貧乏なはずなのに、どうして高円寺でも阿佐ヶ谷でもなく、ハイソな荻窪なのだろう。

しかし、もう少し読みすすむと、現在のヒエラルキーとはまるで逆だったことがわかる。「そのころ、荻窪の駅近くには食べもの屋が少かった」と井伏は書いている。先に阿佐ヶ谷に住んでいた詩人の蔵原伸二郎に教えられて阿佐ヶ谷の食堂にも足を運ぶようになると、中央線沿線事情がわかってきた。

「この沿線の新開地としては、荻窪よりも阿佐ヶ谷の方が先輩であり、阿佐ヶ谷よりも高円寺の方が先輩である。飯屋、食べもの屋、洋食屋などの殖えかたも、高円寺の方が荻窪の先を越していることがわかった。荻窪には寄席も美術倶楽部《クラブ》も一つもなくて、高砂館という小型の映画小屋が一軒しかなかった」

大正一二年に関東大震災が起き、家を焼け出された下町の住民は郊外に大移動をはじめる。当時荻窪に住んでいた文芸評論家の古谷綱武は、震災を機に中野、高円寺と新宿から近い順に開けていったが、阿佐ヶ谷が開けるのは少し遅れたと回想している。新宿から高円寺までの電車賃は五銭だったが、阿佐ヶ谷まで来ると倍の一〇銭になったため、敬遠する人が多かったらしい。荻窪はさらに遅れていたわけである。

さて、牛込鶴巻町の下宿から引っ越す決心をした井伏は、「阿佐ヶ谷の駅から北口に出て、荻窪の方に向けてぶらぶら歩いて行った。突きあたりの右手に鬱蒼と茂った天祖神社の森というスギの密林があって、左手にある路傍の平屋に横光利一の表札があった。横光は流行の新感覚派の小説を書いて花形作家と言われていた」。

ここで私はまた別の疑問につきあたる。天祖神社ということは、旧中杉通りを北上したのだろうが、なぜそんな遠回りをしたのだろう。我々阿佐ヶ谷の住民が荻窪に行くときは、南口に出て青梅街道を西のほうに歩き、天沼陸橋をわたるけれど。

と思って調べてみたら、陸橋の着工は昭和一七年。その後、米軍の爆撃で破壊され、工事再開は二三年、完成したのはなんと昭和三〇年のことだった。

天祖神社は現在、「神明宮」と言い、毎年正月に初詣で賑わっている。夏には「阿佐ヶ谷バリ舞踊祭」（二〇〇二年スタート）が催され、境内の能楽殿でインドネシア・バリ島の古典舞踊のパフォーマンスもある。

横光利一は、大正一三年刊行の『日輪』が評判をとって新進作家として注目され、川端康成、今東光、中河与一らと同人誌『文藝時代』を刊行、評論家の千葉亀雄によって「新感覚派」と命名された。昭和二年には前年に亡くなった妻のことを書いた『春は馬車に乗って』を刊行、二月に再婚し、豊多摩郡杉並区大字阿佐ヶ谷に住んだ。

村上護『阿佐ヶ谷文士村』によれば、当時横光はかなり売れっ子で、『改造』の編集者をしていた上林暁が彼の家を訪ねたとき、駅からわざわざ人力車に乗って行ったという。「『中央公論』の名編集長瀧田樗陰が大家のところに原稿依頼に出かけるときは敬意を表して、かならず人力を使った」故知に倣ったためだそうな。普通に歩いても五分の距離だから、あっという間に着いてしまったことだろう。

横光の家の前をまっすぐに歩いた井伏が三叉路を左に折れると、やはりこの年阿佐ヶ谷に転居した安成二郎の家があった。昭和一七年、阿佐ヶ谷会の東京に残っている面々で奥多摩にハイキングに出かけたとき、玉川屋という蕎麦屋の二階の欄干にもたれている太宰治の写真を撮った人物である。

「左の肱を欄干にかけて右手を握り、窓外の山を見ている顔が穏やかな微笑をたたえている（中略）。

その日は快晴で、太宰君は和服を着ていたので、この写真が一そうくつろいだ姿を見せている」（「太宰治君の写真」）

写真を送った太宰から丁重な礼状をもらった安成だが、昭和二三年に太宰が亡くなったときは「人気作家の人気に怖れて」告別式に行かなかった。

昭和二年の井伏は、現在の阿佐谷北三丁目や天沼二丁目を経て、「かつて青木南八と歩きまわった」天沼三丁目の弁天池に出る途中、三叉路の道端に一基の石地蔵を発見し、一篇の詩をつくる。『厄除け詩集』におさめられた「石地蔵」のことだろう。

弁天池は、井伏が早稲田の同級生・青木南八と散策したころは天沼八幡の鳥居のわきにあり、湧き水で瓢箪池ができていた。昭和三五年ごろまでは睡蓮が咲き、魚も泳いでいたが、昭和五〇年、神社の改築にともなって西武鉄道に売却された。池は埋め立てられて豪邸が建てられ、堤義明会長の愛人が住んでいるという週刊誌の記事を見たおぼえがある。二〇〇七年に杉並区に売却され、弁天池公園になった。

三叉路の石地蔵に別れを告げた井伏は、「弁天通りの天沼キリスト教会の前を通って、太い幹のクヌギ並木のある広い道に出た」とある。

奥多摩のそば屋「玉川屋」にて安成二郎が撮影した太宰の写真（『「阿佐ヶ谷会」文学アルバムより』）

「弁天通り」は当時の呼び名で、現在は教会通りと言う。青梅街道の銀行脇から北にのび、しゃれたイタリアンから昔ながらの食堂までさまざまな店で賑わっている。クヌギ並木の通りは大場通り（現・日大通り）で、当時は青梅街道との交差点が四面道だった。

この奇妙な地名は、江戸時代、天沼、下井草、上荻窪、下荻窪の四ヶ村が接する地点なので「四面道」と呼ばれたとか、秋葉神社から四ヶ村を照らす常夜灯が「四面燈」と呼ばれていたからだとか、諸説あるという。

『荻窪風土記』が刊行されるのは昭和五七年だが、その少し前、環状八号線が改修されて道幅がひろがり、環八と青梅街道との分岐点が「四面道」になったが、本来は上荻方面に向かう分岐点だったと井伏は不満げに書く。大場通りの名前も早稲田通りから日大通りへと変わっていった。

「私が荻窪に移って来た当時、大場通りは蛇がうねるように曲りくねって、夏の夜は道端のクヌギ並木にフクロウが止まっていることがあった」

大場通りの向こうは一面麦畑で、風よけの森に囲まれた農家一軒と、その隣に新しい平屋建の家が一軒あるだけだった。広々した麦畑で麦の根元に土をかけている野良着の男を見つけた井伏は、畦道を歩いて男のもとに行き、「この土地を貸してくれないか」と頼む。作業を中止した男は、「坪七銭だ。去年なら、坪三銭五厘だがね」と答えた。

家が建つまで八丁通りの酒店の二階に間借りした井伏は、昭和二年九月、新居にはいる。終の住処となる番地は「東京府豊多摩郡井荻村下井草（現・杉並区清水町）」だった。

蔵原伸二郎

亡祖父青柳瑞穂は慶応でフランス文学を専攻し、モーパッサンの翻訳などで少しは世に知られたが、骨董蒐集家でもあり、骨董に造詣の深い井伏鱒二と肝胆相照らす仲だった。大正一三年から阿佐ヶ谷の住人だった祖父が現在の家に住みはじめるのは、昭和二年四月のことだ。翌月、住まいを探していた井伏が四面道近くの麦畑を借り、家が建つまでの間、八丁通りの平野屋という酒屋に間借りをする。

井伏の『荻窪風土記』には、その平野屋を詩人の蔵原伸二郎が訪ね、骨董を買いたいので高利貸しを紹介してほしいと頼んだ話が書かれている。

蔵原は、井伏が家を建てるために高利貸しから金を借りたことを祖父からきいて知っていた。井伏と祖父はその前から飲み屋で顔を合わせていたし、祖父と蔵原は慶応の予科時代からの親友であり、骨董仲間でもあった。

大正八年春に故郷の山梨から上京した祖父は、慶応の仏文科予科に入学した。当時のエリートコースは旧制高校を経て旧帝大にはいることだが、勉強熱心ではない祖父は、入学試験があってないような慶応を選んだ。予科の文学部の入試科目に数学はなく、英語と国語の作文だけで、三人に一人は合格したというから現在とは教育事情がずいぶんちがう。祖父の評伝『青柳瑞穂の生涯』（平凡社ライブラリー）にも書いたことだが、その入試のときに席が隣になったのが蔵原伸二郎だった。

蔵原は熊本県阿蘇に生まれ、父は神社の神官をつとめていた。美術学校にはいるつもりで上京したが家族に反対され、浪人中に美術館で陶磁器の写生にあけくれた。慶応時代は柏木の祖父の下宿にいりびたり、当時心酔していた萩原朔太郎の詩について語りあった。翌九年、二人は、出席日数不足のためにそろって留年し、新たに入学したのちの中国文学者、奥野信太郎と仲良くなる。

大正一〇年に祖父が西大久保に転居すると、戸山ヶ原に住んでいた奥野は毎日のように、五反田に下宿していた蔵原も一日おきくらいにやってきた。当時蔵原は外語大のロシア語の夜間にも通っていた。三人がそろって、劇作家の久保田万太郎の作文の授業を受けていたという楽しいエピソードもある。

その年の四月、蔵原の何篇かの詩が『三田文学』に発表された。予科生の作品が掲載されるのは極めて稀だったので仲間たちは驚いた。それらはのちに『東洋の満月』としてまとめられることになる。二ヶ月後、祖父の「病める木梢」も『三田文学』に掲載された。大正一一年、蔵原と祖父は慶応の仏文本科に進学したが、外語のロシア語に通っていたことが発覚した蔵原は退学になってしまう。

二人は阿佐ヶ谷で再会する。大正一二年に結婚した祖父は、荻窪の小さな家で所帯をもったが、一三年秋、生まれたばかりの息子（私の父）を連れて妻の実家がもっていた借家のひとつに引っ越した。

それからしばらくして、やはり結婚したばかりの蔵原が阿佐谷南に引っ越してくる。『荻窪風土記』によれば、阿佐ヶ谷在住の田畑という骨董の目利きに指南してもらうのが目的だったという。

二人は慶応時代と同じように毎日会うことになり、祖父は蔵原から骨董趣味と掘り出しの醍醐味を伝授された。

ある日、蔵原から青梅街道の古道具屋で買ってきたばかりだという「呉須赤絵」の皿を示された祖父は、すっかり魅了されてしまう。

「見ればそれには赤と緑で何やらゴタゴタ描かれている。よく見れば、それはサカナとニワトリの絵だとわかったが、なんにしても、奔放といおうか、乱暴といおうか、紙に描いた絵にはみられないような強さと、新鮮味があって面白かった」(「蔵原伸二郎との交遊」)

祖父のエッセイ「石の思い出」に紹介されている、蔵原と夜中に石仏を盗みに行った話はほほえましい。ある晩、祖父の家に蔵原がとびこんできた。興奮して、「きみ、あるんだ、板碑と、石仏が、あるんだ」と叫んでいる。なんでも自宅近くの墓地で石仏を発見したらしい。二人は闇夜にまぎれて墓地に出かけたが、幼い子供がいた祖父は乳母車をひいて行った。蔵原は地蔵菩薩と暦応の年号のある板碑を肩にかつぎ、祖父は寛永の記念銘の入った如意輪観音を乳母車に乗せて帰った。夜中に激しい腹痛におそわれた祖父は、祟りを恐れて石仏を再び乳母車に乗せて墓地に運んだ。すると、蔵原が持って帰った石地蔵も戻っていた。彼のほうは歯痛におそわれたのであった。

井伏によれば、彼が荻窪に引っ越してきたころ、「文学青年窶れ」という言葉が流行していたという。

「譬えば阿佐ヶ谷の文学青年蔵原伸二郎が、詩の習作をうっちゃって、骨董の掘出し物をしたり野鳥を飼ったりしていると、『あいつ、やっぱり文学青年崩れしているよ』といった調子である」

ちょうどそのころ、界隈には作家をめざす若い文士たちが結集するようになる。

阿佐ヶ谷では詩ではなく小説を書いていた蔵原は、昭和六年、彼らを誘って『雄鶏』という同人雑誌を出している。やがて『雄鶏』は『麒麟』と改題され、新たに加わった外村繁が『鵜の物語』を発表する。その『麒麟』が丹羽文雄、尾崎一雄らの『小説』、中谷孝雄、三好達治、北川冬彦らの『青空』と合併して『世紀』という大きな雑誌に発展したころ、蔵原は再び詩を書きはじめた。

昭和九年には、彼の詩才を愛する保田與重郎の雑誌『コギト』に、ほぼ毎月『東洋の満月』を連載し、尊敬する萩原朔太郎に絶賛される。そして、『世紀』が分裂して『日本浪漫派』が創刊され、太宰治や檀一雄が加わった昭和一〇年、阿佐ヶ谷を引き払って大森に転居し、翌年には世田谷区奥沢に移っている。

蔵原の処女詩集『東洋の満月』が刊行されるのは、彼がもう阿佐ヶ谷文士ではなくなった昭和一四年のことである。私は、この詩集が好きでたまらないのである。

「満月」という詩の冒頭のほうを紹介しよう。

「一緒にどんどん走って行こう。

原始の原始の、原始の奥の奥の底だよ、いんよくの着物を、猿類の智識を、遠く、白い道ばたに、ひきちぎり、すてて来た。

ああ、ここはどこだよ。

みよ、狼と、蛇と、とかげの類と、青豹と奇妙な爬虫の群集と、巨大な海洋樹のずっくり密生した、曠茫たる薄暮のけしきだ。（後略）」

阿佐ヶ谷文士たちは何か深刻なことが起きても、なるべくさりげなく、さっとひとはけにとどめるところに味わいがあると評価されたが、その身振りは蔵原には似合わない。

祖父が書き留めた「きみ、あるんだ、板碑と、石仏が、あるんだ」というトーンそのままの直截な言葉たちが強烈なインパクトを与える。

阿佐ヶ谷あたりで大酒飲んだ

私が子供だった昭和三〇年代、棟つづきの祖父の家では「阿佐ヶ谷会」という、中央線沿線の文士の飲み会が開かれていたらしい。らしい、というのは、昭和二三年に祖母が亡くなったことをきっかけに父と祖父の仲が悪くなったため、私たち一家は「となり」でおこなわれていることは見ないふりをして暮らしていたからだ。

唯一交流していたのは私だが、まさか小学生で酒席に連なるわけにもいかない。庭で遊んでいると、台所の窓から、祖父の後添いではない女の人が着物にたすきがけでかいがいしく立ち働く様子が見えた。記録を見ると、新宿ハーモニカ横丁から「みち草」「よしだ」「龍」などの女将たちが手伝いにきていた、とある。丸顔に大きな目をした「お龍さん」は、肌がゆで卵みたいにつるつるで、子供ごころにきれいだなぁと思ったのを覚えている。

戦前は「阿佐ケ谷将棋会」と呼ばれ、北口の西友のあたりにあった「ピノチオ」という中華料理屋で将棋をさしていた。小田嶽夫は「阿佐ケ谷あたりで大酒飲んだ」で、田畑修一郎、ロシア文学者の中山省三郎と小田の三人が発起人になり、近隣の作家連中に知らせたのがはじまりだと書いている。

頭領は井伏鱒二。子分は発起人のほかに安成二郎、上林暁、外村繁、青柳瑞穂、村上菊一郎、木山捷平、中村地平、太宰治、亀井勝一郎、古谷綱武ら東中野から三鷹あたりまでの住人だった。

　将棋となれば、いったい誰が強かったのだろうと興味がわくが、小田によれば、井伏と上林、安成が上級で、木山、古谷と小田が中級だった。

　将棋が指せない外村と祖父は、星取り表をつける。

　一番長老の安成は闘志旺盛で、「待ったは許さんぞっ」という意気込みを示していた。一番弱い中村地平は「待った」をするので有名で、井伏は「地平はこちらがまださfavoriteさんうちに待ったをする」とぼやいていた。面白いのは太宰で、「形勢がわるくなると、もう投げ出したような恰好でいやいやそうにさす、それでこちらも油断して思わず緩手をさすと、

阿佐ヶ谷会にて。昭和29年5月22日撮影。左から一人おいて外村繁、小田嶽夫、木山捷平、上林暁、中野好夫、瀧井孝作、青柳瑞穂、河盛好蔵、火野葦平、辰野隆、井伏鱒二、蔵原伸二郎（『「阿佐ヶ谷会」文学アルバム』より）

猛然と逆襲して来る」という。いかにも太宰らしいが、同じようなことは浅見淵も回想しているから、本当なのだろう。

将棋は夕方まで、あとは同じ「ピノチオ」で飲み会になった。

「ピノチオ」は作家永井龍男の弟で、報知新聞の記者をしていた二郎が開いた中華料理店で、店名は佐藤春夫が翻訳した童話からとったという。

ウソをつくと鼻がのびる人形の物語を佐藤春夫が？　と思って調べてみたら、大正一四年に改造社から刊行されていた。原題は「ピノッキオ」だが、本当に「ピノチオ」というタイトルになっている。

「ピノチオ」には、当時阿佐ヶ谷に住んでいた横光利一も時々やってきて「お宅のビールはうまいですなぁ！」とお世辞を言って笑われたらしい。もっとも、伊馬春部も「〝ぴのちお〟の青春」で、「あんなおいしいシューマイはその後、食べたことがない。生ビールと共に、これは私の郷愁である」と書いているから、料理との取り合わせが絶妙だったのだろう。

「ビールは雰囲気で飲むもの、まして樽詰の生ビール、つまりこれは〝ぴのちお〟のムードをズバリ称えた横光さんの名言だったのである」

店名がカタカナだったりひらがなだったりいろいろで、文士たちも混乱しているのだが、少なくとも昭和九年に店を継いだ佐藤清の代までは「ピノチオ」だった。

「阿佐ケ谷将棋会」も、昭和一五年一二月、一度だけ「文芸懇話会」と名前を改めている。井伏の『荻窪風土記』によれば、天沼のキリスト教会が賛美歌のかわりに「君が代」を歌うように指導され、砂糖・マッチが切符制になり、国民服が制定され、大学野球の「セーフ・アウト」が「よし・駄目」になるような世情を受けてのことだという。

そのころ、店主の佐藤は常連客の一人から買った岩手のマンガン鉱山の値が暴騰し、さして儲からない店をやめたがっていた。

「ピノチオの料理は、シナ蕎麦十銭、チャーハン五十銭、クーローヨー五十銭、ツァーチェー二十銭である。シナ蕎麦は出前で届けても、一人前十銭は十銭に変りがない。口銭は二銭しか入らない。マンガン鉱なら寝ころんでいて花咲爺である」

チャーハンがラーメンの五倍の値段とは驚く。クーローヨーは「古老肉（酢豚）」、ツァーチェーは「焼豚（チャーシュー）」のことだろうか。井伏は、「ピノチオ」が閉店してしまうと借金で飲み食いできるところがなくなるので困ると言ったが、意志は固く、店の権利は隣の時計屋が買い、ついで岡という地主が買い、息子の茂が経営した。

岡茂は屋号を平仮名の「ぴのちお」に変え、横浜中華街にいた料理人を雇い、本格的な広東料理を出すようになる。ちなみに、よく文献に載っている店の写真は昭和二二年に河北病院の奥に移転したあとのもので、文士のたまり場時代とは違うようだ。

「阿佐ケ谷将棋会」の名称が復活したのは、岡茂の代になった昭和一六年三月一五日である。二次会はいつも大体「ぴのちお」だったが、もう酒も乏しくなってきた昭和一八年ごろ、同じ阿佐ヶ谷にある青柳家でかなり大勢で飲んだことが二、三回あったように記憶している、と小田嶽夫は

「阿佐ケ谷将棋会」で書く。

それからさらに三、四人で駅近くの「F」という店に行った。当時は十一時以降の営業は禁止されていたので店は閉めていたが、店主に頼み込み、奥深くの部屋でこっそり飲み始めた。そこへ、表の扉をドンドン叩く音がする。おそらく積み残しの仲間だろう。しかし、これ以上店主に無理を言うこともできない。中にいた太宰治が小声で「忠ならんと欲すれば孝ならず、孝ならんど欲すれば忠ならず…忠で行こうっ」とささやいたので、戸外の仲間を無視して飲みつづけた。

昭和一八年から祖父の家に寄宿していた甥の山本仟一は、逆のケースを記憶している。ある日、大勢の文士たちがどやどやと狭い玄関にあらわれ、奥の八畳間で将棋を指しはじめた。夕方ごろ帰って行ったが、皆が寝静まった夜中ごろ、玄関をドンドン叩く音が響き、帰ったはずの文士たちがまた押しかけてきた。

「彼等は昼の会が果てた後、駅近くの赤提灯の幾つかで出来上がり、更に足りぬので再び叔父の家へと、とって返したのである」（『青柳瑞穂と私』）

「阿佐ヶ谷会」はいろいろなところで「清談の会」と書かれているが、私が「となり」できくともなしにきいていた騒音も、ちょうどこんなふうであった。

戦後の阿佐ヶ谷会

戦後しばらくたったころ、「阿佐ケ谷将棋会」は、疎開せずに屋台を飲み荒らしていた文士たちによって純然たる飲み会として復活した。昭和二二年七月に「飲食営業緊急措置令」が施行され、外食券食堂、旅館、喫茶店などのほかは飲食業が営業休止され、表向きは外で飲めなくなってしまった（実際には、隠れて飲ませる店はあったようだが）ため、スペースが広く、皿小鉢類がたくさんある祖父の家が会場に選ばれたらしい。

実際にはもう少し早い時期に始まっていたかもしれないが、記録に残っている戦後初の「阿佐ヶ谷会」が開かれたのは昭和二三年二月二日。おかずは持ち寄りで会費は一人五百円。出席者は居残り組の上林暁、外村繁、亀井勝一郎と、鎌倉文庫の出版部で祖父の翻訳を担当していた巌谷大四、疎開先から戻った井伏鱒二など一一名。

まだ岡山の笹岡に疎開していた木山捷平は、出席者全員の寄せ書きを受け取った。

外村繁は「ぼくはカストリを飲みたい」という文面。亀井は「木山や　なつかしきとこそ思えばただいう　早く来よ来よ（酔いて）」。

「酔いて」と註釈しなくても字体が完全証明している、と木山は書く。

「私はヨダレをたらしたらし、酔文字を判読、家のものに焼酎を買いに走らせたのである」（『「阿佐ヶ谷会」文学アルバム』）

東京よりは食糧事情もアルコール事情もよかったものとみえる。

一年後、再上京して阿佐ヶ谷会に出席した木山によれば、酒は清酒とカストリが半々の割合だったが、飲んべえぞろいの上にカストリの方が安いため、幹事は会費とにらみあわせて適宜配慮していたらしい。

終戦直後に出まわっていたカストリ焼酎とは、上質の酒粕を熟成させて蒸留した乙類の焼酎とは別もので、サツマイモや麦などを原料とした粗悪な密造酒だった。中には、航空用燃料のエチルアルコールや工業用のメチルアルコールを薄めたものがあり、とくにメチルは失明や中毒死の危険があるため「バクダン」と呼ばれた。祖父は「我が酒歴」というエッセイで、阿佐ヶ谷の屋台でこのメチルを飲まされ、量が少なかったのでことなきを得たが、先客三人のうち一人が亡くなり、一人が失明した事件を書きとめている。

戦後すぐの「阿佐ヶ谷会」の幹事たちの苦労は、いかに闇ではない酒を調達するかということだった。巌谷大四は「青柳さんの会」というエッセイで、青柳家のすぐそばに小倉という人物がいて、独特のウィスキーを造っていた、と回想している。「小倉ウィスキー」と呼ばれたその酒は、色はウィスキーそのものだったが、味はもっと濃く強かったというから密造酒なのだろうか。

昭和二三年に入会したフランス文学者の河盛好蔵は、上林暁と二人で幹事役をおおせつかり、虎ノ門近くの酒屋に酒を買いに行ったことがある。ここに行けば正規の値段で土佐の酒が手にはいるときいたからである。ただし入れ物を持ってくるようにとのことで、二人は一升瓶を二本ずつ抱えて虎ノ門に行った。酒はめでたく手にはいり、阿佐ヶ谷の家に届けると、祖父は「二人に四本はすごい」と喜び、「誰にもわからないから一本だけ三人で飲もうや」と言い出したという。さもありなん。

『青い沼』で平林たい子文学賞を受賞している島村利正は、胃潰瘍を患って昭和二三年ごろは半年間酒を飲まなかったというから、「阿佐ヶ谷会」に参加するのはそのあとのこと。藤原審爾と幹事をつとめたときは、井伏が清酒を一本差し入れてくれた。

阿佐ヶ谷の家の玄関には——今もそうだが——小さいブザーがついている。当日は何人もつめかけるので誰も鳴らさないが、島村によれば、上林だけは律儀に鳴らしたらしい。「ブザーの音が聞こえると、予想通り、鳥打帽を冠った上林さんのニコニコした顔が現われる」(「ふたつの会」)

その上林が書いた昭和二六年三月の「阿佐ヶ谷会」の記事によれば、会費は八〇〇円で酒五本とビール一〇本の用意があり、中島健蔵から酒一本、中央公論社から二本の寄贈があった。それでも足りず、一人百円ずつ追加徴収しなければならなかったらしい。「ぴのちお」の初代店主永井二郎が出張し、鶏の丸蒸しなどを作ったとある。文士たちのいきつけの新宿ハーモニカ横町から「みち草」の小林梅、「龍」の木村美弥が幹事をつとめ、近くの「やよい」のマダムも手伝いにきていた。

昭和二八年三月には芥川賞作家の火野葦平が阿佐谷北の「鈍魚庵」に転居、新築祝いをかねて自宅で「阿佐ヶ谷会」を開いた。その年の五月二二日に撮られた集合写真は、よく新聞や雑誌で紹介される。阿佐ヶ谷の家の六畳と八畳のふすまを取り払った中に少なくとも一四名がひしめきあっていて、火野は、フランス文学者の河盛好蔵と辰野隆の間で一人だけカメラのほうを見ている。

翌二九年一二月には、渋谷のフグ料理を祖父の家に出張させ、フグチリの講釈をしながら給仕をしたらしく、中島健蔵が撮影した写真が残っている。このとき、井伏鱒二、伊藤整、上林暁の三名がフグの毒を恐れて三〇分ほど遅刻したらしい。フグの毒は即効性ですぐに倒れるから、三〇分か一時間遅れて参加し、みんなが無事に飲んでいれば心配ないと入れ知恵したのは河盛好蔵だそうだが、会の写真には映っているし、彼が遅刻したという話もきかない。

会員たちの回想によれば、文壇や文学の話はせず、ひたすら酒を飲むだけの会だったようだ。将棋同様、酒が一番強いのは井伏だったが、よく観察していると盃を口に持っていくテンポが遅いのだそうである。大いに酒に飲まれる質だった上林暁は、酔って踊っているときに卓の上の皿鉢をひっくり返してこわしてしまった。急いであやまると、祖父は「壊して困るようなものは出していない」と言ったとか。他方、フランス文学者の村上菊一郎は、酔った外村繁がふらふら立ち上がって「人生僅か五十年…」と仕舞いを始めたところ、祖父があわてて座敷の書画骨董を片づけたことを書きとめている。

「阿佐ヶ谷会」は私が高校生のころまで開かれていたようだが、顔を出したこともないし、祖父の周囲の文学者にも会ったことがない。

祖父は一九七一年一二月に亡くなり、翌年一一月に新宿の東京大飯店で、物故会員の追悼を兼ねて最後の「阿佐ヶ谷会」が開かれた。将棋会時代のメンバーでは田畑修一郎が一九四三年、太宰治が四八年に亡くなり、飲み会になってからも火野葦平が六〇年、外村繁は六一年、亀井勝一郎が六六年、木山捷平は六八年、伊藤整は六九年に亡くなっていた。

五〇名の出席者の中には、亀井、木山、青柳の未亡人と田畑、外村、伊藤の三長男がいた。父や母は出席を見合せ、芸大三年生の私が出ることになった。文学者の誰かが私の横顔が瑞穂に似ているとさわいだが、嬉しいような、嬉しくないような、だった。

小田嶽夫の甥

モノ書きとピアノ弾きを兼ねる私の仕事部屋はふたつあり、ピアノの部屋にはワインがころがっているし、書斎には日本酒や焼酎がころがっている。意図したわけではないが、なんとなくそうなってしまう。

書斎のデスクの上には、酒盃もころがっている。古志野の旅茶碗、備前の窯変ぐい呑み、沖縄で求めた泡盛用の猪口。

小ぶりの盃は、新潟在住の佐藤実さんからいただいたものだ。全体にうぐいす色の釉薬がかかり、底には鮮やかなトルコブルーが溜まっている。このブルーが、酒を注ぐと浮き上がって見える。

佐藤さんを紹介してくださったのは、安川門下の後輩のピアニスト、秦はるひさんである。柿崎町の佐藤邸で催されているサロン・コンサートに招かれ、私の名前を出したところ、佐藤さんが大変興奮して是非出演してほしいと言っていらっしゃるとのこと。

中学時代の親友が新潟大学につとめていたので、彼女の家を訪問がてら柿崎にお寄りした。

佐藤さんのお宅は、平凡社の『太陽』や扶桑社の『住まいの設計』など多くの雑誌が取材にきたぐらいの豪邸で、建物部分だけでも二〇〇坪。天井の梁や柱など、築二〇〇年ぐらいの農家三軒ぶんの材料をもとに構築されたもの。厩を改築した三階ふきぬけのホールにグランドピアノが置かれ、一〇〇人ぐらいのコンサートが開ける仕様になっている。

ピアノはヤマハのセミグランドで、重量に耐えるように床を補強した結果、とてもよい響きになったという。楽器には湿気が大敵だが、外壁には調湿性に優れた珪藻土を使い、過度の湿気や乾燥をふせいでいた。オーディオマニアでもある佐藤さんは、ＳＰやＬＰも熱心にコレクションしていらっしゃる様子だった。

佐藤さんはこのすばらしいスペースで定期的にサロン・コンサートを開催されていたが、私が出演させていただいたのはその最終回で、もう二〇年ぐらい前になるだろうか。

ピアノを弾いたあとは地元のスタッフとともに手厚いもてなしを受けた。大広間にずらりと並べられた豪華な海の幸に歓声をあげたことを今でも思い出す。

その後佐藤さんは、私が東京で大きな演奏会を開くたびにわざわざ聴きにきて下さった。九〇歳近いご高齢なので、必ずどなたか付き添いをつけて、でもとてもお元気で、楽屋ではものすごい力で抱きしめてくださった。

二〇〇八年九月二七日、浜離宮朝日ホールで開いた公演の折り、これはあなたに持っていてもらいたいと思って携えてきましたと、くだんのブルーの釉薬が浮き出る盃を渡された。そのとき、なぜか胸が詰まった。形見なんていやですよと申し上げながらありがたくいただいたのだが、佐藤さんは翌年の七月に亡くなり、本当に形見になってしまった。

佐藤実さんは、中央線沿線の文士が集った阿佐ヶ谷会のメンバーで、昭和一一年に『城外』という小説で芥川賞を受賞した小田嶽夫の甥御さんに当たる。小田は『文学青春群像』という回想録を残しており、拙書『青柳瑞穂の生涯』を書くとき大いに参考になった。

小田の『文学青春群像』で印象に残るのは、家賃を払わない話である。

新潟の高田（現上越市）に生まれた小田は、東京外語大学を経て外務省に入省し、中国・杭州の領事館に勤務したものの、文学を志して退職。昭和四年から成宗に住み、同人誌に寄稿しつつ退職金で食いつないでいたが、その蓄えも刻々と「無」に向かって進む。

「向うに断崖がある、そこから先には道が無い、そこまで行けばいやが応でも飛び降りなければならない、そういう断崖が私に近付きつつあった」

窮状を耳にした春陽堂の編集者が、中国の現代小説の翻訳の仕事を持ってきた。その間に『支那語雑誌』の編集も依頼され、しばらく給料をもらっていたが、そこもやめてからは貧乏が本格化し、「妻のものを次から次と質に入れたり、あちらの親戚、こちらの友人（文学関係以外の）を廻って、金策に平身低頭するていたらく」であったという。

にもかかわらず、どこかのんびりしている小田は、妻の父親のかたみの仙台平の袴を質に入れ、高円寺のカフェーで生活費にあてるべき金を全部飲んでしまったりするのだ。

「私はその頃家賃を払わない方針をとっていた」という書き方がおもしろい。払う払わないは「方針」なのだろうか。

「むろん払えるのに払わないのではなく、どうしても払えないのであった。その頃三人家族での最低生活費は月額七十円ぐらいだったようだが、その内に家賃が二十二、三円含まれていた。だから家賃を払わなければ、生活費は四十七、八円になるわけで、毎月これだけ工面すればいいのであった。併し、毎月のことではあり、この工面が並大抵のことではなかった。到底家賃までは手が伸びないのである」

まずはじめに家賃を払うのが普通だと思うが、当時の家主は鷹揚だったようだ。昭和七年の調査によれば、山手線外の市域の家屋総数は六一万九六〇戸で、そのうち七六パーセントが貸家で、四万戸近い空き家があったという。

成宗の借家の家主は代々木に住む会社員で、妻が毎月家賃をとりにきたが、小田が三ヶ月つづけて払わなかったので、小田を追い出すかわりに家を他人に売った。新しい家主は近くに住む、目つきの鋭い、白いあごひげの老人で、家賃をとりにきたときはこわくて体がふるえたが、小田の家主撃退術はひたすら沈黙することだった。

「この老人にたいしても、『出来るだけ早くお支払いするよう努力します』と一と言いったあとは、口をつむってじっと坐っているのであった」

じれた老人は、やはり三ヶ月たったところで家を売った。新しい家主は芸術家に理解のある人で、六、七ヶ月たっても文句を言わなかったが、小田が自分の都合でどうしても他に移らなければならなくなり、新しい借家に入る際に前の家の通帳を提示して、「家賃を完納している証拠」を見せる必要が生じた。

「強い決心をもって家主を訪ねた」小田が、「今迄の滞納額については借用証書を書くから、通帳には、毎月受け取っているよう判を押してもらいたい」と都合のよいことを頼んだところ、快く承諾してくれたというから鷹揚ぶりも堂に入っている。

小田が『城外』で芥川賞を受賞したのは、「容易に家賃が滞れない」馬橋三丁目の家に移ったあとであった。洋服を全部質に入れてしまっていたので、瑞穂の親戚の洋服屋にあつらえてもらい、代金は賞金をもらってから払うことにして授賞式に出かけて行った。

ついでながら『城外』は、私小説に背を向ける「方針をとっていた」小田が、外務省に勤務していたころ、杭州時代の恋愛について書いた作品で、文芸評論家の荒正人によって「半私小説」と定義された。

同時受賞は鶴田知也『コシャマイン記』。候補作品に阿佐ヶ谷文士のひとり、緒方隆士の『虹と鎖』、ハンセン病を題材にした北条民雄『いのちの初夜』などがみえる。

夭折の文士たち

阿佐ヶ谷界隈の私小説作家グループの仲間うちにいた小田嶽夫は、『葡萄園』『雄鶏』『麒麟』『日本浪漫派』『世紀』『木靴』『文学生活』など多くの同人雑誌に寄稿していながら「私小説というものをあまり好きではなかった」と告白している。

「ひとつには私はフロオベルに心酔した時代があり、彼の『作者は作中に登場人物として出るべきでない』という意味の主張に不知不識に影響されていたところもあったらしい」(『文学青春群像』)

客観的視点をもった小田は、まわりの文士たちの、とりわけあまり光が当たらないまま亡くなった同胞の道行を、いたずらに感情移入することなく、しかしにじみ出る哀切の念をもって描写していて、私はそのあたりにいたく共感するのだった。

小田が受賞した昭和一一年の第三回芥川賞で候補になった緒方隆士は、昭和六年に小田や蔵原伸二郎、田畑修一郎らと『雄鶏』に参加していたことがある。

小田は彼の風貌を「浅黒い、頬のちょっとこけた顔をしてい、片方の頬のあたりがいつも汚れている感じであったが、それはそこにある薄い斑点のためであった。長い睫毛の下の目は澄んで、するどく光っていた(中略)。ときどきチラッとするどく人の顔をうかがうクセがあった」と描写している。

緒方は芥川賞候補になる少し前から肺結核を患っていた。そのころは不治の病で、宣告を受けた緒方は妻子を故郷に帰し、阿佐ヶ谷の天祖神社（現神明宮）そばに下宿した。当時『木靴』の同人だった小田が、できたばかりの雑誌をもって訪ねてみると、人恋しい緒方は一緒に散歩に出るといってきかない。中杉通りを歩いていると、緒方は街路に唾を吐き、ふと立ち止まってただならぬ様子で何かつぶやいた。

つぶやき声はきこえなかったが、振り返って彼の表情をみた小田は、ただちに「赤いのがまじって」いたのだと悟った。

付き添って病院にいくと、「まあ、一、二年ゆっくり静養するんですね」と言われたので、病状は相当重いと察せられた。収入のない緒方のために施療患者として入院させようとしたが、希望者が多いので一〇ヶ月か一年は待たなければならないという。文士仲間はそろってどん底生活を送っていたが、まだ家から仕送りしてもらっている亀井勝一郎が入院費の半額ほどを出してくれたので助かった。

そうやって江古田の療養所に入院したものの、入院費は二ヶ月ほどしか払えず、やはり阿佐ヶ谷文士の中村地平が都新聞（現東京新聞）の文化部にいたので、記者の立場を利用して都知事とかけあい、都の委託患者として入院することになった。

「天井の低い、床のきしんだ、長細い部屋に、寝台が四つ並べておかれた後には、人の通るのもやっとなぐらいの隙しかなく、僅かな広さの、庭とも言えない空地の先のトタン塀にあたる陽の光りが、枕もとへ暑苦しく反射してい、その上食べものはろくろくのどへも通らないような粗悪なものであった」

そんな環境で緒方はベッドに腹這いになって小説を書き、その小説が芥川賞候補にはいってからは文芸誌から注文がくるようになった。

しかし、病気は進行していた。小田は、四人部屋から六畳の日本間に移った緒方が、あるとき苦しさに耐えかねてガラス窓の上の欄間にかかった紐で首をくくろうとしたが、「足が下へとどいてどうにもならなかった」というすさまじいエピソードを伝えている。

緒方隆士は昭和一三年、三三歳で亡くなった。その一年前、二八歳の若さで夭折した辻野久憲も『雄鶏』の同人で、伊藤整や永松定とともに、ジェームス・ジョイス『ユリシイズ』の共訳者として名を残している。

『雄鶏』に加わったころはまだ東大仏文の学生で、祖父の家で初めて会った小田は、「顔が蒼白い感じに白く、澄んだ目が、眼鏡のおくに美しく、怜悧そうにかがやいていた。(中略)まだ学生のせいでもあるが、何となくういういしい印象であった」と書きとめている。どうして仏文出身の辻野が英文学の翻訳に携わったのかと思われそうだが、ヴァレリイ・ラルボーの仏訳にジョイスが協力していることから、邦訳の際にも参照されたらしい。

卒業後、長谷川巳之吉が主宰する第一書房に入社した辻野は、三浦逸雄(朱門の父)が編集長をつとめる『セルパン』に配属された。昭和六年の同誌創刊号には、『ユリシイズ』の近刊広告がみえる。

辻野は詩人の三好達治と天沼に下宿していたことがあり、『ユリシイズ』も三好と北川冬彦が編集する『詩・現実』に連載されていた。ジョイスの文章そのものが日本語に移しえない言葉あそびに満ちたものだから訳業も難航をきわめ、一人が訳すと、一人が原文と対照し、又一人が仏訳と対照し、そして三人で訳文を極めて出来上がったものを最後にもう一度辻野君が文章の調子について読者として読むというような按配だったらしいが、連載を読んだ長谷川巳之吉はただちに出版を決めた。

三名の訳者たちは序文で「出版されて以来十年、欧米の文学界を革命したとすら称せられる本書を、最初に邦文に移し得たことは、我々が避け得られなかったかも知れぬ過誤にも拘らず、なお何等かの意義を齎《もたら》すものなることを信ずる。迷宮に等しい本書の完全な理解は我々の生涯をも要求するであろう」と述べているが、そのうちのひとり辻野は六年後には亡くなってしまったわけである。

小田と辻野は九歳違いだが、別の時期に同じ女性とつきあっていたことがある。昭和五年ころ、同人誌『葡萄園』の出資者だった吉原エイスケの紹介で日本橋の酒場「リラ」を訪ねた小田は、エマという作家志望の女給に会う。小田は彼女に惹かれるが、妻子と別れる決心がつかないうちにエマは去っていった。

その後小田は、第一書房にはいった辻野から、エマが銀座の酒場にいることを知らされる。やがて辻野は自分のアパートに小田を誘い、そこにはエマが一緒に暮らしていた。二年つとめて第一書房をやめた辻野は、翻訳の仕事に打ち込むうち胸膜炎に侵され、ポール・ヴァレリー『詩の本質』、フランソワ・モーリャック『癩者への接吻』『イエス伝』など数冊の訳書を残したまま世を去った。

辻野が亡くなったとき、詩人の荻原朔太郎は同人誌『四季』の追悼号にこんな文章を寄せた。

「もし四十歳迄生きて居たら、おそらく或は芥川龍之介を凌駕し、森鷗外の塁に迫る仕事をしたかも知れないのである。しかも不幸にして、彼は僅か二十九歳で死んでしまった。古来多くの神童や天才が、運命づけた常規をたどつて——。」

辻野とエマが同棲第一日目からつけていた合作日記を遺贈された小田は、それをもとに創作をもくろんでいたが、実現したのだろうか。

伝言蕎麦

井伏鱒二『荻窪風土記』によれば、阿佐ヶ谷駅招致運動を展開していたころ、口添えしていた古谷代議士の家には杉並でただ一本しかない電話があった。中野局109番という番号だったらしい。その電話に、古谷代議士が出先の役所から電話すると、書生が地主たちのところへ駆けつけて最新情報を伝える。地主たちは合議してその結果を古谷代議士に電話する…という手順で成功に導いたという。

私が子供のころも、電話は何軒かに一本しかなく、学校の名簿などを見ると、近所のお宅の電話番号が記されて「呼」と書いてあることが多かった。その番号に誰かが電話すると、お宅の住人はわざわざ当該者の家に「電話がありました」と呼びに行き、当該者はそのお宅に上がり込んで電話を受け、用件をすませる。

「呼」に任命されたお宅はずいぶんめいわくだったことだろう。

『荻窪風土記』で私が好きなエピソードのひとつに、外村繁の伝言蕎麦の話がある。井伏の家には電話がなかったので、外村は四面道の「寿々木」というそば屋に井伏家への出前を頼み、出前持ちはざる蕎麦を届けるついでに「外村さんという人から電話で御注文でした。その人は今、阿佐ヶ谷のピノチオで飲んでらっしゃいます」などと伝言する。井伏はそれをきき、急用だと察すると蕎麦を食べずに駅にかけつける。

「お互に電話を持っていなかったので、こういう迂遠な連絡の仕方で間に合わした」とあるから、外村は「呼」の家まで行って電話したのだろうか（外村は一九六一年に亡くなるまで電話をひかなかった）。

「こんな遣り方でも私が家にいるときには役に立つが、いないときには誰かが蕎麦を無意味に食うだけである」というくだりがおかしい。そのころ寿々木のざる蕎麦は一人前が一〇銭か二〇銭で、支払いは月末でも来月末でも良かったらしい。

外村が緊急伝言蕎麦を使った最初の事例は、亡祖父青柳瑞穂の能面事件である。

昭和一一年、二・二六事件の前日、「ピノチオ」に呼び出しがあったので井伏が行ってみると、外村が「困ったことが出来た」と言ったという。

「青柳君が骨董のことで、田畑君に腹を立てて、田畑君が話しかけても口をきこうとしないんだ。貝殻みたいに口を閉じてしまった。どうしたらいいか、その点に思いを致しているところだ」

ことの顚末はこうである。祖父は骨董蒐集が好きで、実際に掘り出しで名をあげたので阿佐ヶ谷文士たちも一目置いていた。井伏は、主な掘り出しとして備前焼の半地上窯時代の種壺、光琳の肖像画、宗達の扇面二枚、初期の常滑の大壺、平安期の仏画、見参の色紙皿などを挙げている。

そのころ、妻の故郷で能楽面らしきものを掘り出した祖父は、裏面に何やら墨文字が見えるので美術研究所で鑑定してもらったところ、正和五年（一三一六）の銘が浮かび上がった。現存する鎌倉末期唯一の「父尉の面」と鑑定され、のちに京都国立博物館の特別展覧『日本の仮面』に出品され、図録にも収録された。

祖父は何か掘り出すと誰かれかまわず見せたがる（私もよく呼び出された）傾向があり、そのときも阿佐ヶ谷在住の外村と田畑修一郎を呼んで能面を披露したところ、田畑がぷっと噴き出したというのである。

「田畑君は薄ら笑いをする癖はあるが、ぷッと噴き出したりする癖はないようだ。ところが、ぷッと噴き出した後、『しまった』というように居ずまいを直したという。青柳君の顔が青ざめて、田畑君が何か話しかけても返事をしない。外村君が話しかけても、気のない返事をするだけである」（『荻窪風土記』）

たしかにそれは、田舎道で会いそうな、あたりまえの老人の面で、井伏の描写によれば「瘠《や》せた顔つきで顎が張り、頬と顎と別々になって、がくがくするので、笑っているか怒っているかのような感じである」とのこと、とても名品には見えなかったのだろう。もっとも井伏は「顎が張っているところは、田畑君の顔に似ているようであった」とも書いているから、自分そっくりの面を見て噴き出したのかもしれないが、誇りをきずつけられた祖父は真っ青になって怒った。

外村に頼まれた井伏が取りなしに行ってみると、「田畑君はいま売り出しの新進作家として小説を書いているが、果して実質ではどれだけすぐれた作品を出しているか（中略）。『端的にいって、田畑の書く作品と僕の見つける古美術品と、どちらが芸術的にすぐれているか。いや、どちらが後世に残されると思うか』」（井伏鱒二「青柳瑞穂と骨董」）と言ったらしい。

田畑修一郎は島根県出身で、早稲田大学在学中に火野葦平や丹羽文雄、のちのロシア文学者中山省三郎と同人誌『街』を創刊。昭和三年に島根で旅館を経営していた父の後妻が亡くなったためいったん後を継いだが、まもなく旅館をたたんで上京、友人の中山が住む阿佐ヶ谷に居を定めた。最初の計画では旅館を売った金で少なくとも一〇年は暮らせる算段だったが、不況時代で五年ともたなかった。

同人雑誌にも金がかかる。昭和六年には、田畑が五百円（別の文献では千円）という基金を出して蔵原伸二郎、小田嶽夫、緒方隆士と『雄鶏』を刊行している。外務省をやめた小田嶽夫も、田畑の心意気に感じて退職金から三百円を出し、その後無一文になった。両親を早く亡くし、遺産で食いつないでいた緒方隆士も二百円を出している。

第二号が手元にあるが、雑誌とは名ばかりのタブロイド紙のような体裁で、田畑、緒方は小説を発表し、瑞穂は創作詩、中山は「ロシア人の見たる外国作家」という評論、三好達治がフランシス・ジャムの詩を翻訳している。

上京するときすでに子供が三人いた田畑は、家族を養うために吉祥寺で洋裁店を開いていたが、文学への情熱を失ったわけではない。村上護は『阿佐ヶ谷文士村』の中で、「田畑の小説を読んでいて気づいたのは、けっして仕事を急いでおらぬことだ。書けないときは書かないのがよい、機が熟するのを待つのである。これでは職業作家になかなかなれぬが、本人も、急いでそうなろうとする気はなかったようだ」と書いている。

これで本人が長生きして年輪を重ねられればよかったのだが、残念ながらそうはいかなかった。『鳥羽家の子供』が昭和一三年（一九三八）上半期の芥川賞候補になったものの、生活のために無理を重ね、昭和一八年、急性盲腸炎で死んでしまった。

いっぽう祖父の蒐集した骨董はといえば、よく阿佐ヶ谷の家で保管されているのでしょうねと尋ねられるのだが、何も残っていない。祖父が亡くなったとき、義絶していた父が相続を放棄したため後妻が相続し、後妻が亡くなったときにその長女が引き取った。

祖父の口調に倣うなら、端的に言って、田畑修一郎の書く作品も祖父の見つけた古美術品も後世に残らなかった。残っているのは、祖父が骨董について書いた文章だけである。

青柳瑞穂と骨董

祖父の評伝を書くことを考えたとき、元『群像』編集部の渡辺勝夫さんにご相談したら、あなたまず骨董を買いなさい、と言われた。それで偽物をつかまされて大火傷を負わないといい本は書けないよ、と。

小田嶽夫の甥にあたる佐藤実さんにも、いささかきつい助言を頂戴したことがある。祖父の骨董蒐集は家族にずいぶん迷惑をかけたので、私自身は骨董には手を出さないように気をつけていますと申し上げたら、佐藤さんはまなじりを決して、何を言っているんですか、骨董に狂って身上をつぶすぐらいじゃなきゃ、お祖父さまの気持ちはわからないじゃないですかとおっしゃった。

自分で稼いだ金ならよいが、妻が着物を質に入れたり、妻の実家からの仕送りで骨董を買う人の気持ちなどわからなくてよい。

もちろん例外はあるが、コレクターには男性が多いような気がする。稀覯本や古地図、動植物や鉱物標本、コイン、切手、模型、おもちゃ、マッチ。

私はコレクターとは言えないが、ピンキーリングはかなり持っている。昔、アルトゥーロ・ベネデッティ＝ミケランジェリの動画を見ていたら、右手の小指に指輪をしていてそれがとても好もしかったので、集めはじめた。ピアノの生徒さんにもらった小さなちりめん製のジュエリーバッグに入れている。今数えたら二五個あった。すぐに出てこないものもあるから、三〇個はあるだろう。もとよりたいした数字ではない。

たいていヤフーオークションで入手する。ピンキーリングだからプラチナやホワイトゴールドを使っていても、石はダイヤでもルビーでもエメラルドでも、比較的値段は安い。入札で競ることは稀で、誰も目をつけない良品を只同然で落札することができる。

この辺りは、ささやかながら祖父の掘り出しに通じるといえるかもしれない。

私がもうひとつ祖父から受け継いでいると思うのは、鑑賞癖というか、何を見ても聴いても読んでも、まずホンモノかニセモノかと考えるあたりだ。自分だけがその価値をわかっていて他人がトンチンカンなことを言うときのひそかな苛立ちも、その反対も…おそらく。

祖父の鑑賞眼は阿佐ヶ谷文士たちをこわがらせたようだ。

戦後の阿佐ヶ谷会は祖父の家を会場にすることが多かったが、皿・小鉢類、杯など食器はすべて彼が蒐集した骨董だったし、床の間には掛け軸や壺が飾られている。桃山時代の経机、友松のダルマの絵、玉堂琴士の横物墨絵など新蒐集品を披露されることもある。

祖父に骨董を見せられるときは緊張した、と小田嶽夫は書いている。客を立てる気なのだろうが、はじめは何の講釈も加えずに黙ってこちらの顔を見ている。反応を窺っている気配がある。こちらも文学者なのだから、ただ「いいねぇ」では済まされず、気のきいたことのひとつも言いたい。ツボにはまった表現で相手を感心させたいという虚栄心すらある。しかし、まずその前に、恥をかかないように、彼が思っているその品の価値を知っておきたいという気持ちも動く。

お互いにハラのさぐりあいである。

祖父は『骨董夜話』の中で、木彫の牛について書いている。玄関の下駄箱の上に置かれていて、狭いところできゅうくつそうに脚を折り曲げて座っている。もともとは牛王宝印《ごおうほういん》の容物で、横腹に差し入れ口がついて蓋がしてある。骨董屋から買ってきたときは角が欠けていたので、知り合いの若い彫刻家に頼んで角をつけてもらった。祖父の家のお客は、帰り際に靴をはきながら、否応なしにこの牛が目にはいる。この家の主人がこうした古物が好きなことを知っているから、なんとかしてほめようとする。

「牛をほめるには角にこしたことはない。

『いい牛だね。ことに角が立派だ』とこう言われると私は困ってしまう。だから、いつも私は角をほめられる前に、いい牛だけど残念ながら角は後補だと言って警戒しておく」

祖父はこう書いているが、太宰は祖父の説明をきかされることもなく、「角が何とも言えなくいいなあ」と言ってしまったらしい。太宰は、祖父の家ならなんでも骨董だと思ったらしく、アルマイトの薬罐を指さして、さも珍しそうに「あれは何ですか」ときいたというほほえましいエピソードも伝わっている。

いっぽう祖父は、「日本のやきものの終着駅」の中で、戦争末期に手に入れた備前の壺についての太宰の感想を感激をもって書きとめている。

「太宰君はこれを見るなり、『美しい』という言葉を使った。こんな『美しさ』を、何時か夢でみたことがある。これだ、これだ……と言っていた」

備前の壺については、『井伏鱒二氏の骨董観』というエッセイもある。

あるとき井伏が祖父の持っていた備前の壺をひどくほしがったことがある。それは薄紫のまじった褐色の、およそ単調なものだが、一部分にゴマ釉の剝げがあって、わずかに景色をつくっている。日本陶の中でも特別のわび物を一見して井伏が認めるとは、と驚いた祖父は、彼の目に敬意を表して壺を譲った。

「それから二、三日たってから見に行くと、花まで挿して、床にかざってあったが、表とも言うべきゴマ剝げが、うしろに向いている。きっと子供さんたちのいたずらだろうと思って、そっと、景色の方をおもてにまわしておいた。

ところが二、三ヶ月たって行ってみると、またまた備前はうしろ向きになっている」

その後何度井伏家を訪問しても備前はうしろを向いたままだったので、祖父はもう向けなおさなかった。

終戦直前から郷里の広島県加茂村に疎開していた井伏は、ときどき土地の蒐集家から骨董の鑑定を依頼され、自分ではすぐに判断がつかないので、原稿用紙にさらさらと墨絵を描いて祖父に送り、意見を求めることがあった。

「さて今日知人がスンコロクを持参、鑑定してくれとのことなれど小生はさっぱりわからぬ。見たところ後作のごとき代物、小生かつて見たところのスンコロクはもすこしにぶい絵がらのように記憶しますが、今日のものは可成りはっきりした感じにて、すこしきついような気配もあり、一概にはいえないかもしれませんが小生にとっては親しみ深いものに思われないようでした。しかしよくわからないのでよくわからないと答えておきました」

「スンコロク（宋胡録）」とはタイで一四世紀以降焼かれた陶器。この手紙に添えて実物大のスケッチが二点あり、絵付けまで克明に描写されている。絵で見るかぎり、今すぐにでも買いたくなるようなステキな壷だった。

上林暁

Ⅲ　女たちの阿佐ヶ谷会

太宰治

旧阿佐ヶ谷駅舎

駅前の屋台

阿佐ケ谷南口の駅前広場には、今は噴水があり、ベンチがあり、夜になるとジャズの町らしく、ベースやサックス、ピアノ、トロンボーンにチューバなどのイルミネーションが輝く。横に杉並区のシンボル「なみすけ」（恐竜の子供）がいるのもかわいい。

南口のバス停は三つあり、京王バスの渋谷行き、西武バスの長久保行き、そしてミニバスのすぎ丸である。

渋谷行きは高円寺陸橋から代田橋、笹塚と京王線の沿線を通る。桐朋学園「子供のための音楽教室」に通っていたころは、このバスで代田橋まで出て、スクールバスに乗った。長久保行きは、昔は大泉学園止まりだった。小学校三年生から学芸大附属の大泉小に転校したので、毎朝このバスで通っていた。当時は車掌さんがいて、お下げの小学生はすぐ仲良しになった。

途中の上井草駅入り口から、同じ小学校に通う松本猛くんも乗ってきた。彼は一級下で、共産党の松本善明代議士と絵本作家いわさきちひろの息子さん。私が藝大の大学院にいたころ、隣の美術学部の自治会委員長としてお名前を見かけたおぼえがある。在学中にお母さまが亡くなり、自宅兼アトリエ跡にいわさきちひろ絵本美術館（現：ちひろ美術館・東京）を設立している。

駅前のベンチは、バスを待つ人、赤ちゃんを散歩させているお母さん、買い物帰りの主婦、駅に人を送ってきた人など、いつも誰かが坐っている。

上林暁も昭和二九年に書いた「阿佐ケ谷案内」で、バス停留所にあるベンチに「なんということもなく腰を下ろすことがある」と書いている。

「ほこりっぽいけれど、ほこりっぽいのをも私は愛するといえよう。大きな空が一ぱいにながめ渡されるのが何よりいい。夕焼空、浅黄空、月空、とりどりにいい」

その二年前、最初の脳溢血の発作を起こした上林は、酒席でもサイダーなどを飲んでいたが、駅の北側には顔を利かせて（つまり、ツケで）飲める店が二三軒くらいあり、「きらく」「洗心」「一元」「やよひ」「一平」「むらさき」などなじみの店が、大体もとのままずらりと並んでいた。

しかし南口に目を転じると、なんという変わりようだろう、「キノコのようにごみごみ生えていた屋台」はひとつ残らず取り払われ、中杉通りが青梅街道に突き当たり、京王沿線通いのバスがのんびり発着している。

「かつての屋台の群れは、トイシで押しならしたように、この大道の下に押しつぶされているような気がしてならない。いまから思うと一場の夢のようであるが、ここの屋台の群れの中に某作家の先の夫人が営んでいた一軒があった」（同前）

これが名高い「おとみの店」である。

かつて銀座六丁目に「メイゾン・トミ」という酒場を経営していたおとみこと久松郁子は、作家丹羽文雄の元妻でもある。浅見淵『昭和文壇側面史』には、戦争中に上海から帰り、彼女をひそかに崇拝していた会社員と一緒になったが、おとみの浪費癖でたちまち生活難に陥り、丹羽文雄に泣きついて出資してもらって屋台をはじめたと書かれている。阿佐ヶ谷文士たちはみなおとみのことを知っていたので、店におしかけ、ムーランルージュ時代の森繁久彌の生態模写を楽しんだ。負けじとマダムも得意のソプラノで歌ったので、その声はあたりの屋台を圧したという。

上林の「阿佐ケ谷案内」によれば、終戦初の屋台は駅前ではなく、共栄荘アパート横の路地に出ていた。共栄荘アパートというのは「阿佐ヶ谷南本通り商店街」（現パールセンター）の中間地点を通りすぎて二ブロック目にあり、昭和一五年の地図にもまだ載っている。

「総ヒノキ造りの、真新しい、とてもきれいな屋台車が出て、毎夜灯をともしはじめた。文字通り、戦後阿佐ケ谷の第一灯で、阿佐ケ谷盛り場の復興は、この屋台からはじまったのである。私も時たま寄っては、一サラ五円のおでんをガツガツ食ったが、やがて酒も飲ませるようになって、一杯のコップ酒に他愛なく酔ったものだった」

「おとは屋」というこの屋台は、のちに出世して中央線で名代の店舗になった。昭和三〇年の七夕まつりの写真を見ると、「おとわや」という看板で商店街に店を出している。

阿佐ヶ谷文士がよく通った「熊の子」も屋台から出世して、いわゆる文大通りに店をかまえた。『青柳瑞穂の生涯』を書くために何度か飲みに行ったが、店内には大手出版社の元編集者たちがたむろして、タイムスリップしたような感じだった。

屋台時代の「熊の子」を発見したのは評論家の古谷綱武で、話をきいた上林と祖父は早速飲みに行った。すると、おかみさんが二人を取り違え、祖父をつかまえて「上林さんは堂々たる風格をしていますねえ」と言い、上林には古い『週刊新潮』を出してきて、祖父が書いた文章を見せる、という具合。しばらくは二人とも互いに相手のふりをしていたが、やがてばれてしまった。

文士たちは金がないので、気取った料理屋よりは屋台や屋台まがいの店で飲むことが多かった。上林がよく行く店は、阿佐ヶ谷では「やよひ」「洗心」「えにし」などで、荻窪の「おかめ」や吉祥寺の「月若」はいくらか大きいが、いずれも至って庶民的な店だった。

脳溢血で倒れる前の上林は憑かれたように飲みまわっていた時期があり、小田嶽夫は、「夜おそく阿佐ケ谷駅の踏切のあたりを通ると、大抵彼の声がどこかから聞えて来るほどであったが、その彼が今はふっつり街にあらわれなくなっているのはさびしい」(「阿佐ケ谷あたりで大酒飲んだ」)と書いている。

フランス文学者の河盛好蔵も上林の歌声を耳にしている。上林の家から一〇分ほどのところに住んでいた河盛は、荻窪界隈まで足をのばした上林が夜中の二時ごろ、『ラバウル小唄』の一節「さらばラバウルよ、また来るまでは」と歌いながら自分の家の前を通るさまを回想している。

通るだけではなく、家の前で立ち止まり「河盛君!」と大きな声で呼ぶ。仕事中の河盛がじっと息をひそめていると、こんどは「河盛!」になり、なおも答えないでいると「もう寝たか」とつぶやき、また「さらばラバウルよ」と歌いながら去っていく。

ところで上林が歌えるのは『ラバウル小唄』と『よさこい節』しかなかったのだが。

上林は昭和二九年の「阿佐ケ谷案内」を次のようなくだりで締めくくっている。

「阿佐ヶ谷の新興歓楽街は、南口の線路沿いに出来た一番街である。まだ家がまばらであるが、近き将来にぎわいを呈することであろう」

二〇二〇年現在、一番街商店街には九〇店舗が参加している。

兄の左手

上林暁の妹で、半身不随になってからの執筆活動を支えた徳廣睦子さんは、一度我が家を訪ねようとなさったことがあるという。亡き兄が楽しみに参加していた「阿佐ヶ谷会」の会場を見ておきたいと思ったとのこと。

お宅は天沼で、荻窪より阿佐ヶ谷に近いので、そのまま歩いてもたいした距離ではないが、道を知らないと迷ってしまうかもしれない。ひと駅だけ電車に乗り、阿佐ケ谷駅を南口に降り、川端通りの端にあるお米屋さんで尋ねたが、そんな家は知らないと言われた。配給制度の時代ならわかったかもしれないが、私たちの地区に配達していたのは産業会館通りにあった高田屋米店だった。

睦子さんが一九八二年に書かれた『兄の左手』は涙なくしては読めない書である。

上林暁はもともと『改造』という雑誌の記者で、人気作家たちの原稿を取りにいく立場だった。記者時代から『新潮』に小説を発表、昭和七年に発表した『薔薇盗人』は川端康成によって新聞の月評にとりあげられた。井伏に『改造』の原稿を頼みに行った帰り、一緒に荻窪の駅に向けて歩きながら、「君の薔薇ドロボウという小説はいいよ」と言われたときのことを、感激をもって書きとめている。

昭和九年に退社、父危篤の報を受けていったん郷里に帰る。父がもちなおしても東京に戻ることはなかった。

「そのころ、兄が勤めをやめて、大きな文学的野心を持っていたのを、私は知らなかった」と睦子さんは書く。

「後になって、その時の気持を、兄は私に語ったことがある。

『頭にお釜を冠っているようで、晴々した気持になったことはなかった』

そのようにして、兄夫婦は一年半ばかり、都落ちのかたちで、田舎にとどまった」

「二・二六事件」が起きた昭和一一年冬、夫妻は上京して、家賃一四円で天沼二ノ三一九の小さな家を借りた。筆一本で一家五人の生活は苦しく、妻の繁子は質屋がよいをしたり、実家に助けを求めたり、かろうじて一日一日をやりすごしていた。生活の不如意、前途への不安でしだいに精神に異常をきたすようになる。

昭和一四年八月、女学校を出て家の手伝いをしていた睦子さんは、兄の求めに応じて上京する。繁子はすでに小金井療養院に入院し、八歳を頭に長男・長女・次女と、三人の子供の世話をする人が必要だったのである。

天沼の家は睦子さんにショックを与えた。塀もなければ門もない古くて小さい家で、庭には汚れた敷蒲団が干してあり、台所には、木のくさったような流しが、なめくじの這う地面にそのまま置かれていた。

繁子の病状は一進一退で、上林は「病妻物」と言われた小説を書いて入院費を払った。戦争がはじまると、長男と次女は郷里に疎開した。終戦の年、三月一〇日の大空襲のあとで睦子さんも上の女の子と疎開し、上林は病院の妻と東京に残った。

終戦になり、睦子さんはまた兄から上京を求められる。汽車の乗車制限で切符が手にはいらず、やっと東京に着いたのは秋も深くなってからだった。上林はひどい栄養失調で、やせ衰えて目ばかり光っていた。繁子も医者から死の宣告を受けていた。病院に泊り込んで看病した上林は、そのときの体験をもとに『聖ヨハネ病院にて』を書いている。

昭和二一年五月、繁子は転院した先の宇田病院で亡くなった。『聖ヨハネ病院にて』は病妻物の主峰と高く評価され、作品も次々に発表されたが、心の張りを失った上林は飲み歩くようになった。それまでは原稿料がはいると病院に運んでいたが、今度はそれが酒代に変わった。生活はすさみ、飲み屋で河盛好蔵、中島健蔵、亀井勝一郎にからみ、大暴れに暴れて泣きわめいたときもあるらしい。

上林は当時を回想して「酒を飲んではそれを小説に書き、それで得た原稿料を酒に注ぎ込み、それをまた小説に書いて原稿料を得、それでまた酒を飲んでそれを小説に書くというような、悪循環をくりかえしたものだった」と書いている。

上林が最初の脳溢血の発作に襲われるのは一九五二年一月のことである。このときは割合に軽く、四週間の絶対安静ののちに回復し、後遺症もなかった。三年間は禁酒して散歩でも誰かと一緒に出かけるなど用心していたが、一〇年後に再び発作を起こす。

倒れた日は『新潮』に小説の原稿を渡し、ほっとして近くの銭湯に行った。睦子さんがあんこう鍋の用意をしていると、風呂屋の番頭が呼びにきた。

入院後一週間ぐらいで発熱、四〇度の熱がつづき、下がったときは右半身が不随になっていた。それから睦子さんの長い介護生活がはじまる。

昭和三六年に上顎ガンで亡くなった外村繁が口述筆記で死の直前まで作品を書きつづけたという話をきいた上林は、発憤して自分も口述筆記で書いてみようと決心した。睦子は睦子で、昔本で読んだハンセン病患者のことを思い出した。

「病いが進んで盲目となり、手によって点字を読んでいたが、更に病状が悪化して手の感覚がなくなると、舌によって、また唇によって点字を読み続けたというのである（中略）。兄は目が見える。左手がきく。曲りなりにも口もきけるのである。私は励まし力づけた」（『兄の左手』）

最初の口述筆記の作品『白い屋形船』はこうして生まれた。構想は入院中から立てていたもので、退院後二、三日目にはとりかかり、最初はお互い慣れていなかったので思い通りにいかなかったが、日課のように一日も休みなしに書き続けた。

書くことを思いつくと、夜中の二時、三時にも起こされた。洗濯中であろうが食事中であろうがかまわず呼び立てられた。

「『便所にもゆっくり入っていられないね』と、笑ったこともある」

『白い屋形船』は幻想的な、夢ともうつつともつかない境地を書いたもので、それまでの上林の小説からすると異色であると高く評価され、読売文学賞を受けた。兄の代理で授賞式に出席した睦子さんは、日本テレビから感想を求められ、「今日の授賞式に兄が出られないのが大変に残念に思います。しかし、この作品は病気でなければ書けなかったのですから、何ともいえません」とコメントしている。

受賞後、五、六作を口述筆記で書いたところで、今度は左手で小説を書くようになる。夜中に呼び出されることはなくなったが、筆跡はわかりにくく、睦子さんにしか解読できなかった。左手で書いた小説が昭和四九年度の川端康成文学賞を受賞したとき、睦子さんは「兄の左手」という短いエッセイを書いている。

「兄は原稿は左手で書く。右側を下にして寝たまま、敷布団の上に置いた原稿用紙に、4Bの鉛筆で、一行あきに大きく書く。せいぜい一日一枚くらいで、清書をすると半枚になる。終りの方になると疲れて、だんだん字の乱れはひどくなる。全然判読がむつかしいときもある。そんなときの清書は殆ど口述筆記と同じである。その口述が聞き取れないときは筆談となる。今度川端賞をもらった『ブロンズの首』もこのようにして出来たのである」

このエッセイを睦子さんは「ときどき、私の応え方が遅くていらいらすると、兄は左手で私をつねる。ますます兄の左手は強くなるようである」という一節で結んでいる。

上林に読んで聞かせると、最後の部分を削れと言う。睦子さんはいったん消したが、削ると文章が死んでしまうと思い、また復活させた。

意外にもてなかった？　太宰治

阿佐ヶ谷文士が太宰治について書いたエッセイを読んでいると、美丈夫で数々の女性と浮名を流した彼が、意外にも女性に対して不器用であったようすが浮かび上がってくる。

最初の妻初代の不義で心中をはかり失敗した太宰は、初代と別れ、井伏の家のすぐそばの鎌滝というわびしい下宿屋に引っ越した。隙間だらけの四畳半の部屋で、持ち物は机ひとつと布団一組だったが、ここに文学好きの若者たちが押しかけて食客として勝手気ままにふるまっていた（このあたりは、アルゼンチンのピアニスト、マルタ・アルゲリッチに似ている。彼女の家にもつねに若いボヘミアンの音楽家がたむろし、自由に冷蔵庫の中のものを食べ、好き放題に音楽を奏でているらしい）。

青森の津島家から監視役に送り込まれている番頭たちも井伏のもとを訪れ、「ときどき貴方が鎌滝に行って、居候がいたら追いかえして下さい。金を送れば、無駄づかいする。送らなければ、悄《しょ》気《げ》こんで死ぬと云ったりする」と困り果てている。

井伏は他人の生活に立ち入るつもりはないと断ったが、番頭たちにしてみれば井伏だけが頼りで、太宰も井伏の言うことならきくのである。

困り果てた番頭たちは、太宰に妻帯させたいと言い出した。家庭を持たせないと生活が乱れるし、薬物依存に陥る可能性もある。番頭たちに太宰に意中の女性はいないのかときかれた井伏は、「太宰にそんな艶福があれば結構だが、私は有りのままに修治君はどういうものか女友達がないようだと答えた」。

井伏は、太宰が檀一雄とさかんに遊んでいたころ、二人の「女の勘定書き」を肩代わりしたことがあるのだが、それと「女友達」は別なのだろう。

監視役たちは、「つきましては、誰か適当だと思われるような女のひと、ごわせんでしょうか」ときく。太宰の自殺未遂は、銀座のカフェーの女給【田辺あつみ（本名田部シメ子）】を道連れに鎌倉の小動岬《こゆるぎみさき》で睡眠薬自殺をはかったときと、都新聞の入社試験に失敗して鎌倉で首をくくろうとしたときと、初代との心中未遂と三度目である。

鎌倉事件のあと、太宰の実兄はあらゆる名誉職といくつもの銀行の重役の地位を退いて一〇年間謹慎すると発表した。そこにもってきてまた心中未遂を起こしたので、郷里で探すことはできない、という意見であった。井伏が、自分の知っている若い女性はカフェーの女給以外には一人もいない、と答えると監視役たちは「連れ子さえなければ、誰だって結構です」と言う。

井伏は、女給から探すなら太宰が自分で探せばよいだろうと思い、カフェ通いに必要な金を提供するように提案した。

「チップなんかも、けちけちするわけには行かないですね。それに、あの人はカフェーなんかに一人で行くと、女の前で口もきけない性分ですからね」

銀座の「ルパン」でバーのスツールにあぐらをかき、タバコを指にはさんで笑う太宰の無頼な写真を見ていると、信じられないのだが、これは昭和二一年のことで、もう井伏の庇護下にはいなかった。

こうして太宰のカフェー通いがはじまった。食客たちがついていかないように、あらかじめ塩月君という若者とクラさんという中年の男性が相棒の役をつとめた。

着道楽で見目麗しい太宰が、あろうことか他人にお小遣いをもらって、言われるままにスタンド酒場に通うとは、にわかには信じられない。以前にテレビで、一度も女性にもてたことがない弟に何とかしてデートを経験させたいと、美容師やスタイリストに頼んで精一杯格好よくしてもらってバーに連れていく姉の話をやっていたが、その弟は少なくともデートなんかしなくてよいと相当抵抗していたのだ。

そしてこれまた信じられないことに、おつきの相棒たちのほうがずっともてるのだ!

「僕は、クラさんよりもまだ駄目です。きのうも看板になってから、黄色いスェッターを着た女給が帰るのを送って行ってやろうとすると、手を振って僕に帰れというのです。黄色いスェッターをきた腕を振って、帰って下さいと云うのです」(井伏鱒二『太宰治』)

女給嫁取り作戦に失敗した井伏は、今度はいきつけの中華料理屋「ピノチオ」の娘をひきあわせようとする。

あるとき井伏が「ピノチオ」でビールを飲んでいると、おかみさんが大型の写真を出してきて見せる。

「おかみさんの長女の写真だが、誰でもいいから、小説家志望または劇作家志望の青年に娘をやりたいと云った。次女の縁談がまとまったので、長女の方の話を急いでいた」

昔ながらのしきたりで、長女を嫁がせてから次女を嫁に出す順序にこだわっていたらしい。井伏が太宰のことを念頭において「誰でもいいと云うのは、ほんとに誰でもいいことだね。再縁の人でもいいのだね」ときくと、店の主人も出てきて、「無論、どなたでも結構です。妙な云いかたですが、後がつかえているから急ぐんです」と言ったという。

井伏は新聞紙をもらって写真を包み、太宰もようやく結婚できるぞと思った。

しかし、結局のところ「誰でも」よくはなかったのだ。太宰が「貰うことにします」というので井伏が店に行ってみると、おかみさんは、相手が太宰さんならお断りすると言う。話が違うではないかと抗議してみるが、言を左右にして承諾せず、「つい話を急ぎすぎていましたので、妙なことになってしまいました」とあやまるのみである。

あとできいた話によると、鎌滝の食客の一人が見合い写真を見て話をぶちこわしたということだった。

井伏が自分のところに仲人を頼みにきた甲府の夫人にその話をすると、夫人は女学校時代の知り合いに四人の令嬢がいて、そのうち第三女を太宰に目合わせたいと言ってきた。その令嬢が石原美知子である。東京女高師を出て山梨県立都留女子高校で地理と歴史を教え、二七歳になっていた。

太宰は井伏から渡された写真を受け取ったきり返事をよこさなかったが、甲府の御坂峠の天下茶屋に逗留していた井伏が呼ぶと、鎌滝の下宿を引き払い、食客とも縁を切ってやってきた。井伏が御坂峠を引き上げる前日に見合いが行われ、その様子を太宰は『富嶽百景』という小説で次のように描いている。

「母堂に迎えられて客間に通され、挨拶して、そのうちに娘さんも出て来て、私は、娘さんの顔を見なかった。井伏氏と母堂とは、おとな同士の、よもやまの話をして、ふと、井伏氏が、『おや、富士。』と呟いて、私の背後の長押《なげし》を見上げた」

そこには富士山頂大噴火口の鳥瞰写真が額縁に入れてかけてあった。身体をねじ曲げてその絵を見届けた太宰は、ゆっくり身体をねじ戻すとき、「娘さんを、ちらと見た」。

ところで、井伏のエッセイ「亡友——鎌滝のころ」によれば、彼は見合いには立ち会わず御坂峠に戻ったことになっている。

スタコラさっちゃん

新型コロナウイルス感染拡大で、百年前のスペイン風邪との比較がよく話題になった。祖父・青柳瑞穂の最初の妻は、お千代さんという名前で、スペイン風邪で大正九年（一九二〇）に亡くなったと大人たちからきかされていた。

評伝を書くので調べたところ、お千代さんは内縁のままお産がもとで亡くなったことがわかった。子供もひと月しか生きながらえなかった。お千代さんの実家の手前、赤ん坊の存在は公にされなかった。スペイン風邪は、事実を隠蔽するためのつくり話だったらしい。そのあとに、お千代さんの妹が、これも両親のもとを出奔し、祖父のもとにころがりこんできた。こちらも内縁のままだったが、妊娠したのであわてて籍を入れた。この人が、私が生まれる前に亡くなったとよさんで、お腹に宿ったのが父である。

とよさんが昭和二三年四月二六日に亡くなったとき、死因は心臓マヒとして処理されたが、実際は青酸カリによる自死だった。

とよさんが幼い父を抱いて写した写真がある。豊かな髪、きれいな流線型の眉、どこか思い詰めたような目、すっと通った鼻筋ときりっと結んだ口元。

どことなく、太宰治の心中相手となった山崎富栄に似ている。二人が丸い縁無し眼鏡をかけた写真は、さらによく似ている。要領がよく、テキパキと働く富栄は「スタコラさっちゃん」と呼ばれていた。そしてまたとよさんも、祖父の家に寄宿していた甥の山本仟一によれば、「くるくる働きまくるタイプ」だったという。富栄もとよさんも日記をつけていたが、その文章の様子も似ている。ひたすら男性に尽くす。尽くして尽くして尽くし抜いて、あげくの果てに疲れてしまうタイプである。

とよさんの告別式の日、山本仟一は、「大勢の弔問客に混じって一人の異様な風態の男が現れた」ことを記している。

「その顔は髭も剃っておらず、血の気も無い。足元も些か覚つかない。お香を焚く細い指も震え勝ちである。長く伸ばした髭の下に隠された眼も、些か陰うつである。何とこれは尾羽打ち枯した、かの太宰治だったのだ」（『青柳瑞穂と私』）

『人間失格』を執筆中の太宰は、二ヶ月後、富栄とともに（井伏鱒二によれば無理矢理引きずられて）玉川上水に入水する。近くの草むらから富栄が持っていたガラスの小瓶が発見され、青酸加里自殺の噂は広まったが、遺体からも水からも薬物反応は出なかった。

この山崎富栄について、語る人によってまったく印象が変わる。井伏鱒二が描く富栄は、仕事部屋にしていた「千草」という小料理屋の二階に太宰を幽閉し、顔を洗いに階下に降りることすら禁止し、編集者が来ても「帰れ、帰れ」と怒鳴って追い返す。

「太宰が『ちょっと、うちに行って来る』と云うと、『あたし、いつでも青酸加里、持ってますよ』と脅し文句を浴びせかける。小心な太宰は、たちまちすくんでしまう」

松本侑子『恋の蛍』には、実際に富栄が押し入れから赤い紙包みを出すところを目撃した人物の証言が載っている。青酸カリは湿気に弱い。通気性のよい紙に包んだまま押し入れに保管されて、果たして毒性が残っているか疑問だが、脅しの材料にはなっただろう。

太宰は「人の増長を誘発させる言動に長じていた」という井伏の観察は面白い。

井伏は、「献身的なおつきあいの精神」の証明として、次のエピソードを披露する。

ある日、釣が好きな井伏が太いテグスを買うために釣具屋を探していると、太宰と行きあった。一緒に行った釣具屋には井伏が探している太さのテグスがなく、もう一軒も品切れとのことで、井伏が帰ろうとすると、太宰は釣具屋にテグスのつくり方をきく。

栗の木につく虫を酸の中につけ、内臓を長くのばす。それをブリキか薄い鉄板にあけた穴に通してしごくのだそうだ。話をきいた太宰は、さっそく「献身的なおつきあいの精神」を発揮して、これから虫をとりに行こうと言い出す。

井伏はけっこうだと断るのだが、太宰は三鷹の先に栗林があるから行こうと促す。

「『虫は僕がつかまえます』と太宰は云った。『はじめ、細い木の枝か何かを箸にして、虫をつかまえるんです。そいつを持って帰るうちに、次第に僕たち虫に慣れて来ます』」

いざむしる段になると難色を示すだろうと井伏が言うと、太宰はこんなふうに返す。「いえ、大丈夫です。さあ太宰、この虫をむしれ、お前、この虫をむしれ、と大声で僕に云って下さい。僕は、決死の勇をふるって、むしります。目をつぶってむしります」。

太宰が栗林で青虫を見つけ、眉根をしかめ、固く目をつぶり、青ざめた顔でふうふう息をはずませながら細い指で虫を二つにむしる様子を想像した井伏は、「千草」の二階に閉じ込められた太宰に思いをはせる。

しかし、富栄の遺稿をもとにした『雨の玉川心中 太宰治との愛と死のノート』を読むと、「太宰を誑《たぶら》かした女性」というイメージはくつがえされる。富栄が死の直前までつけていた日記からは、たくみな言説に乗せられ、喀血に苦しむ男を看護婦がわりに介抱し、収入は多いはずなのに浪費家でいつも金欠病の太宰のために、二〇万円もの貯金を使い果たし、あげくの果てに自殺願望の道連れにされてしまうけなげな女性の姿が浮かび上がってくる。

その小説のタイトル通り「火宅の人」だった檀一雄は、玉の井での太宰の遊び仲間であり、そうした際の彼のふるまいをよく知っている。同郷の女の家に通いつめる太宰の様子を、檀は次のように分析する。「太宰が、その洋子という女学校卒業とかの娼婦にどれだけの関心をもっていたかは、わからない。いや、おそらく何の感情も、寄せていなかっただろう。

が、いつもの通り、恋い焦れて、通っているように、無理に人にも思いこませ（あるいは、自分でも思いこもうと）努めていたようだ」（檀一雄『小説 太宰治』）

富栄が日記に書きとめている太宰のくどき文句も彼の「思いこみ」なのだろうか。

「〝死ぬ気で！　死ぬ気で恋愛してみないか〟」「〝有るんだろう？　旦那さん、別れちまえよォ、君は僕を好きだよ〟」

「僕は、君が好きだ」とは言っていないところがすごい。玉の井の女性なら遊びの上のざれごとと相手にしないだろうが、富栄は一字一句真正面から受け止めた。

太宰の思い込みにひきずられ、自分と出会う少し前に妊娠が判明した太田静子への仕送りを請け負い、生まれた治子の命名の場にまで立ち会い、そのたびに激しく動揺しながら「〝お前に僕の子を産んでもらいたいなぁ——〟」「お前には、まだ修の字が残っているじゃないか。泣くなよ」などと言いくるめられる。

太宰が太田静子の日記を借りて『斜陽』を書いた話はよく知られているが、入水の三週間前にも、連載中の新聞小説『グッド・バイ』のために、わざと「恋している女があるんだ」と嘘をついて富栄の反応を観察している。

「二十六歳で、女子大学卒のお嬢さんだ。美人で、すらりとして、おとなしくて、申し分のないひとだよ。阿佐ケ谷に住んでいるのさ」（松本侑子『恋の蛍』）

「阿佐ケ谷のお嬢さま」は実在の女性なのか、それとも…。

「僕はどうしてこう女に好かれるのかなあ！」と、太宰はつづける。

嫁取りのために通ったカフェーで、少しももてなかった時代がウソのようである。

女性の目から見た阿佐ヶ谷文士

元朝日新聞神奈川支局の洞口和夫さんから、『阿佐ヶ谷貧乏物語』（筑摩書房・一九九四）の著者、真尾悦子さんのお写真を送っていただいたのは二〇一九年秋のことだ。お写真に添えた手紙で、真尾さんは六年前に亡くなられたこと、神奈川近代文学館に井伏鱒二の原稿、太宰治の書簡などを寄贈されたことが書かれていた。

真尾さんには一度お会いしたことがある。幻戯書房で『「阿佐ヶ谷会」文学アルバム』（二〇〇七）をつくることになり、担当編集者とともに、二〇〇〇年から札幌に転居されていた真尾さんにお話を伺いに行った。

小児麻痺の後遺症で左右の足の長さに少し差がある真尾さんは、ご自分のことを「ひょこたん、ひょこたん歩く」とおっしゃる。そして驚くべきことに、阿佐ヶ谷文士の一人、藤原審爾の『暗号名は赤い蛇』という小説の主人公のモデルは真尾さんなのだそうである。

早速その小説を読んでみると、たしかに主人公の三条あきは、片方の足がもう片方より五センチほど短いということになっているが、左右が真尾さんとは反対だ。薄幸の女性が巨万の富をつかみ、自分の運命に復讐を果たすというストーリーも、真尾さんの道行きとは真逆のように思われる。

真尾さんが七ヶ月の身重で夫と阿佐ヶ谷に出てきたのは、昭和二二年一月末のことである。二ヶ月前に米の配給が一人一日二合一勺から二合五勺に増えたが、遅配の連続で大半が代用食だった。さつまいもやトウモロコシの粉、フスマなども欠配になることがある。闇値は上がる一方だった。

「戦争が終って、空から爆弾の雨は降ってこなくなった。しかし、この一年半を、日本じゅうの誰も彼もが空《から》っぽの胃袋をなだめ続けてきた。食べ物となればたとえ芋の尻尾でも目の色を変えて飛び付く浅ましい暮らしから、いったいいつ抜け出せるのか見当も付かない」

真尾さんも夫の倍弘さんも出版社の編集者だった。妻が妊娠したためそれまで住んでいたアパートを追い出された倍弘さんは、編集を担当していた文芸誌を創刊した外村繁に頼み込んで間借りさせてもらうことになる。外村家は七人家族だったが、書斎の隣の六畳を快く貸してくれた。のちに玄関脇の三畳間を借りたのが藤原審爾だった。

私が生まれた世田谷区駒沢の家も戦争で焼け出された人々が一緒に住んでいたので、戦後すぐの時期は珍しいことではなかったろう。

真尾さんが空けてもらった六畳間は襖一重で外村の書斎につながっていたので、生活の様子は手にとるようにわかった。几帳面な外村は午後五時になるとペンを置き、藺草《いぐさ》で編んだ古い手提げ袋に四合瓶を入れ、闇市に酒を買いに行く。帰ると夫人を相手に晩酌がはじまる。酔うと必ず「だって、逢わずにゃ、いられない」という歌『ザッツ・オーケー』がはじまり、膨らませた頬に指を入れて「よぉ、ポンポン」と口鼓を打つこともあった。

「外村さんの晩酌は一日も欠かさずにつづけられた。たとえ、夫人が米がない、粉もないと蒼い顔をしていても、彼は家計にはいっさい無頓着で、ひとり酒を飲んでいるようだった」

あるとき、配給の清酒の瓶を夫人が落としてしまったことがある。「ガチャン」と大きな音がしたので行ってみると、玄関に夫人が立っていて、濡れた三和土《たたき》に青いガラスの破片が散っていた。そこに、眉を釣り上げた外村が現れる。彼は怒りに燃えていた。

「と、夫人がもどかしげに割烹着を脱ぎ捨てて玄関を出た。ちびた下駄で、音を立てながら家のまわりを走り始めた」

三度巡り終えたとき、夫人はようやく戻ってきて、喘ぎながら「おとうさん、ほんとうに、ごめんなさい」とつぶやいた。

その夜、夫の倍弘さんがしたたかに酔って帰ってきた。悦子さんが「酒を飲むカネがあるなら闇米を買って頂戴」と言いかけると、夫は飲み屋からの請求書を渡して、「喜楽」という屋台に支払いにいくように頼んだ。「井伏鱒二様ほかご一名様」と書かれている。編集者として、井伏のぶんまで奢ってしまったわけだ。

「上林さんと三人でいるとこへ、私服刑事が入ってきやがった」と倍弘さんは言った。当時は「飲食営業緊急措置令」施行中で、表向きは酒が飲めなかったのだ。

茶碗の中身を聞かれた井伏は、「もちろんお茶です」と答える。刑事も心得たもので、土間に立ったまま捕まえようともしない。

刑事が出て行ったあと、井伏は「さ、またお茶を頂きましょう」と飲み直した。その飲み代である。悦子さんは仕方なく、仕立てていない帯地を取り出し、袷を一枚添えて駅前の「下田質店」に持って行った。

男たちが開く「阿佐ヶ谷会」も妻たちの家計に大きな負担となった。ある日曜日、祖父の家で「阿佐ヶ谷会」が開かれることになり、真尾さんは夫から会費五百円、おかず一点を用意するようにと告げられる。

困った真尾さんが井戸端に出ると、外村夫人も同じように困っていた。

「おカネも材料もないのに、いきなり会費だのお料理だのって、男の人は、女房を手品遣いだと思ってるんでしょうか」

魚屋の店先で大きな烏賊《いか》を見つけた真尾さんは、疎開先でおぼえた惣菜を思い出した。烏賊の腸を抜いた中に足と米を詰め、楊枝で止めて甘辛く煮上げる。巻き寿司の要領で輪切りにすれば何人前かのおかずになる。

午後三時に、皿を持った外村が倍弘さんをお供に出かけて行った。これが、昭和二三年二月二日、戦後復活第一回の「阿佐ヶ谷会」だった。

それから一六日後、外村夫人は脳軟化症で倒れる。

真尾さんが質屋に行っている最中だった。襖の向こうからは「痛い、痛いなぁ」という夫人の声が聞こえてきた。合併症の神経痛に悩まされているらしい。外村は、奥さんを書斎に移して看病しながら執筆しているのだ。

夫の喘息発作のために漢方薬局にモグラを買いに行った真尾さんは、「脳軟化症に効く薬」と言われて猿の脳味噌の黒焼きを——飛び上がるような値段だったが——購入して飲んでもらった。

外村夫人はその年の末、一〇ヶ月の闘病の末に亡くなっているが、四月に転居していた真尾さんは死に目に会えなかった。

浅倉八百屋店

スーパーの袋を下げて「浅倉八百屋店」の前を通ると、気がとがめる。戦後すぐの食糧難時代、私が生まれる前に亡くなった祖母の食事の支度を支えたのがこの八百屋だからだ。

「私が青柳夫人とよく出会うのは、門を出て右の突き当たりにある浅倉八百屋だった」と、真尾悦子さんは『阿佐ヶ谷貧乏物語』で書いている。

「千葉の担ぎ屋から仕入れるという葉物などは新しかった。公定価格ではないが、雑炊の具として欠かせない芋の葉や蔓も安く分けてくれた」

真尾さんは、私が今も住む阿佐ヶ谷の家から三辻ほど離れた作家・外村繁の家に間借りしていた。

「風の強い日に店先で顔を合わせた青柳夫人が『きょうは珍しくほうれん草が入ってますけど、お高いようですよ』と耳打ちした。

『小松菜はどうでしょうか』

『少し萎《しお》れてますねえ。でも、やっぱりそっちにしましょうか』

割烹着姿の夫人が、細い首を伸ばして私の背中の子をあやした。

『小松菜のほうが、おじやに入れても、おつゆの実にしても、ペシャンコになりません。ホホホ、根っこもよく洗えばおいしく頂けます』」

真尾さんはまた、暑い夏の日の午後、「浅倉八百屋店」で小さなキャベツを手に持って思案する祖母を見かけている。小さなキャベツ一個を買えない祖母は、真尾さんに半分ずつにしないかともちかけた。真尾さんが承諾すると、撫で肩に浴衣姿の祖母が店員に包丁をもらってきた。

祖母が浴衣を着ているのは、着物を全部質に入れてしまったからだ。阿佐ヶ谷駅南口に今もある「下田質店」を、真尾さんも、真尾さんが間借りしていた外村家の夫人も、下田港と出船入り船の意味を兼ねて「下田ミナト」と呼んでいた。

ある晴れた日のこと、井戸端で洗濯をしていた真尾さんは外村夫人に呼びかけられる。戸口にしゃがんだ夫人は、「うちはいま、チンですのよ」とはかなげな風情でつぶやいた。手元不如意という意味らしい。外村さんは昼間仕事をしているので、原稿料は長男がもらいに行く。片道の電車賃しかないので歩いて行かなければならない。

祖父は「外村君の横町」という随筆で、次のように書く。

「わたくしの妻は、買物に出ると、やっぱり買物をすませて、とぶようにして帰る外村君の奥さんに道ばたでよく会ったそうだが、妻はいつも言っていた――わたしと外村さんの奥さんくらいのものよ、こんな流行おくれの着物を着ているのは。外村君もわたくしも、貧乏のどん底にあった時代だった」

外村家や真尾家は本当に貧乏のどん底だったが、祖父の家はそうではなかった。真尾さんによれば、祖母は「お金がないわけではないのだが、自由になるお金がない」という言い方をしていたという。戦後の海外文学ブームで翻訳特需の祖父には大きな収入があったが、その金を家計に充てるかわりに、趣味の骨董蒐集に使ってしまうのである。

昭和二二年の大晦日、経営不振の出版社から給料がはいらない真尾家では、団子にするトウモロコシの粉も尽きていた。夜の八時になってようやく金を手にした夫が戻り、まず外村家に間借り賃を払い、それから駅前の闇市に買い出しに出かけた。一升の米と雑煮用の餅、小豆一合、里芋とこんにゃくの煮染めひと皿、炭ひと袋、カストリ焼酎。

いっぽう、青柳家では二三年の元旦にスキヤキを食べている。前年の祖母の日記には、夕食の献立としてビフテキ、カツレツ、タラの水炊き、どじょうの柳川などの料理が見える。

祖父は人一倍食いしん坊だったが、また、人一倍吝嗇《りんしょく》だった。美味しいものは食べたいが、食べ物にお金をかけることは許さなかったのである。エッセイ集『壺のある風景』の「うまいもの、美しいもの」には、こんなくだりが見える。

「食べ物でいちばん理想的なのは、何といっても、安くて、うまいもの――欲ばりだと一蹴されればそれまでだが、それでもなおかつ、食べ物は安くて、うまくなければばならない。いかに高価でも、バカバカしくまずいものがあるように、安くて、うまいものも、さがせばきっとあるはずである。これはどんな努力をはらっても、さがさなければならない」

これは、祖父の骨董蒐集の理論と同じである。昭和一二年には、青梅街道の古道具屋で非常に安価で売られていた尾形光琳の肖像画を掘り出し、重要文化財にまで昇格させている。鎌倉近代美術館で前田青頓、大佛次郎、川端康成らの蒐集品を鑑賞したときも、目録の裏表紙に「たしかに世にいう名品ではあるが、お金をおしまず、一流の骨董店にたのんでおけば、一年ぐらいの時間をかければ、必ず手に入るようなもの」と書きつけしている。資金がないところでよいものを買うのが祖父のやり方であり、矜持でもあった。

大変結構である。それを日常の料理や買い出しに持ち込むなら、自分でやってみろ、と言いたい。祖母が青酸カリを飲んだのは、昭和二三年四月二六日、外村夫人が倒れてから二ヶ月後のことである。戦争末期に「鬼畜米英」が攻め寄せてきたらこれで自決するように、と渡されていたのだろうか。当時は販売規制が緩かったこともあり、メッキ工場などで入手した可能性もある。

真尾さんが「浅倉八百屋店」で祖母を見かけたのはその二、三日前のことで、しきりに外村夫人の病状を案じていたという。

「別れたあと、小走りに帰って行かれた小さなうしろ姿が目に新しい。葬儀に参列して戻った夫も、まだ信じられないという顔をしていた」(『阿佐ヶ谷貧乏物語』)

文士の女房たちの困窮を目の当たりにしたにちがいない「浅倉八百屋店」は、阿佐ヶ谷駅の南口を出て、飲み屋で賑わう川端通り商店街を歩き、突き当たりを左折した角にある。

私が子供のころは、くぼんだ眼窩に大きな眼を光らせた小柄な女将さんが店を切り盛りしていた。野菜を買い、お金を払うと、せっかちな口調で「ハイ、ハイ」といいながらお釣りを差し出した。

やがて、その女将さんそっくりのおばさんがご主人と店をついだが、お釣りを渡すときのせっかちな口調は先代と変わらなかった。

店先で小さな男の子が遊んでいた。西洋人のようにくりくり巻き毛のかわいい男の子だった。その男の子が成人して店をつぎ、やはりせっかちに「ハイ、ハイ」とお釣りを渡す。女将さんはしばらく店に出ていたが、やがて顔を見せなくなった。

スーパーマーケットで買い物をする時代、「浅倉八百屋店」にはどれだけの人が訪れるのだろう。店先の棚には、ざるに入れたきゅうりやトマト、みかんが安売りされている。たまに一山一〇〇円のニンニクを買うことがある。スーパーで買い忘れた野菜を買うことも、年に一、二度あるだろうか。暮れにはまるまるした三浦大根が並ぶ。大きくて柔らかく、歯ごたえがよくてナマスを作るのに最適なのだが、毎年買うとは限らない。

外村繁

IV 新阿佐ヶ谷会

新阿佐ヶ谷会

木山捷平

サロン・ド・阿佐ヶ谷

井伏鱒二、太宰治も訪れた「阿佐ヶ谷会」の会場、ということで、たまにテレビの取材を受けることがある。ＮＨＫの「小さな旅」でとりあげられたときは大変だった。私は関西出張でいなかったので、主人が一人で対応した。

家の中は映されても困るので、玄関だけに限定してもらったが、「文士たちの通った時代の雰囲気」を出したいということで、ゲタを並べて演出したらしい。玄関周りを片づけるだけで半日かかり、放映を見たらほんの何十秒かだった。

テレビ東京の「出没！　アド街ック天国」（二〇一八年五月一二日）では、南阿佐ヶ谷のみどころをベスト二〇まで紹介していた。「阿佐ヶ谷会」は第一〇位ということで、玄関前の撮影と文士たちの写真提供でご了承いただいた。

第一位は「パールセンター」、第二位は「杉並区役所」、第三位は「善福寺川」。桜の時期には花見客で賑わうスポットだ。

第七位に「すずらん通り」がはいっていて、七〇年以上つづく精肉店の「兵庫屋」と、たい焼きの「らんふぁ」が紹介されていた。第八位は「小劇場」。演劇にうとい私はよく知らないのだが、南阿佐ヶ谷エリアには、熊谷真実ゆかりの「アートスペースプロット」はじめ五軒もの劇場があるという。第一一位は「一番街」で、「あさがや姉妹」というカウンターバーも出てきた。お笑いコンビ「阿佐ヶ谷姉妹」の店かと思いきや、オーナーが大ファンというだけで、彼女たちは生涯無料とのことだったが、残念ながら今は閉店している。

第一四位には「阿佐ヶ谷住宅の思い出」がはいっている。成田東に杉並区初の団地として分譲された。テラスハウス部分を設計したのは、ル・コルビュジェの弟子、前川國男。モダンな建築で当時は憧れの的だったというが、老朽化して二〇一三年に取り壊された。

宅地造成がはじまったのは一九五八年だから、私が八歳のときだ。成宗田圃にブルドーザーがはいり、犬の散歩ができなくなったことを強烈におぼえている。

NHK‐BS「TOKYO ディープ!」の「文化が薫る サロン・ド・阿佐谷」（二〇一七年二月一三日）では、少し長く放映された。

女優・モデルの豊田エリーさんの案内で、北口商店街の「カナモノ ワタナベ」の紹介から始まる。現在の店主（四八歳）で四代目だから一〇五年ぐらいつづいているとのこと。隣に三代目店主で八〇歳になるお母さんもいて。明治四四年（一九一一）創業時の写真を見せてくれる。最初はセトモノ屋さんでスタートしたが、求めに応じて金物屋さんに転身したとか。豊田エリーさんは、昔ながらの金網製のネズミ取りを見て悲鳴をあげていた。

お母さんは太宰治の『斜陽』にふれて、「阿佐ヶ谷で降りて、北口、約一丁半、金物屋さんのところから右へ曲って半丁」という一節がある、それがウチのことだと言う。

かず子（モデルは太田静子）が、荻窪に住む作家の上原二郎の家を訪ねるが留守だと言われ、駅前の「白石」というおでん屋できくと阿佐ヶ谷だと言われ、いきつけの柳やという料理屋への行き方を教えてもらうくだりだ。きっとこの店も実在したものなのだろう。せっかく訪ねて行ったが、上原一行は西荻の「チドリ」に移ったあとだった。

小説中の「チドリ」は、太宰が仕事部屋にしていた三鷹の「千草」のことだろう。妊娠三ヶ月の太田静子が訪ねてきたとき、太宰はまず「すみれ」という酒店兼小料理屋に案内し、さらに編集者たちを伴って「千草」に行った。向いには、山崎富栄の下宿があった。

「カナモノ　ワタナベ」の隣は私がよくコンサートのDM用の封筒を買う文具店、さらに隣はよく靴下を買う「マリヤ洋品店」、向いは老舗の古本屋「千草堂」なのだが、豊田エリーさんはパールセンターに、「小川眼鏡店」（昭和八年創業）の店主に会いに行く。

小川さんの道案内で赴くのは、大正一三年開店の「酒ノみつや」。三代目店主（五四歳）は高校卒業後、アメリカで料理人の仕事をしていたが、父親の病気をきっかけに店を継いだ。大手量販店の安売り攻勢に苦しんだが、全国の珍しい酒を集めて独自性を打ち出した。店頭には、ビール二〇〇種類、の貼り紙が。私も、ときどきドイツやベルギーのビールを買う。

店の奥には倉庫を改装した角打ち部屋があり、豊田エリーさんも日本酒とおつまみで立ち飲みする。狭い空間は常連で賑わっている。

酒を飲み、語り会う文化…から「阿佐ヶ谷会」の話題になり、阿佐ヶ谷文士に詳しい郷土史家・萩原茂さんの案内で我が家に到着、という流れ。ライターの岡崎武志さんも加わって、玄関で車座になって語らう。実はこのときとても寒く、カメラに映らないところでひそかにストーブをたいていた。豊田エリーさんはコートを着ていたからよかったけれど。

私は、太宰治が大食漢で、我が家がすき焼きのときに決まってどこからともなくあらわれ、肉をあらかた食べてしまうので子供たちに評判が悪かったという一つ話をする。

阿佐ヶ谷文士大好きの会「新阿佐ヶ谷会」の写真も映された。『「阿佐ヶ谷会」文学アルバム』（幻戯書房）が刊行されたときのものだから、二〇〇七年七月二九日。

このときは岡崎さんや萩原さんの他に文芸評論家の川本三郎さん、作家の堀江敏幸さん、フランス文学者の千葉文夫さんご夫妻、同じくフランス文学者の野崎歓さんと篠田勝英さん、装幀家の間村俊一さん、カメラの田村邦男さん、音楽評論家の舩木篤也さん、新潮社や白水社の編集者など総勢二一名。よく私のピアノ室にはいれたものだ。

豊田エリーさんはそのあと、平成二三年開業の新しい古本屋、昭和六〇年開業の貸本屋へとまわる。店内にはマンガが雑然と積み上げられていて、今にも崩れ落ちそう。店主の椎野功さんは「ルーズなんで」と頭をかく。阿佐ヶ谷に取材したマンガとして永島慎二の『黄色い涙』が紹介される。昭和三九年、阿佐ヶ谷の古ぼけたアパートに住む漫画家と、そこにころがりこんできた仲間たちとの奇妙な共同生活を描いている。

ついで、南阿佐ヶ谷の五つの小劇場のうち二つを経営する岩崎直人さん（六八歳）を訪ねる。取材場所は平成一三年にオープンした「アートシアター　かもめ座」。壁の後ろはすべて隠し本棚になっていて、演劇関係の本はじめ千冊以上が並んでいる。無声映画のフィルムも百本以上。定期的に上映会を開いているという。

阿佐ヶ谷めぐりの締めくくりは、スターロードの呑み屋「あるぽらん」。平成元年に開業したらしい。昔の映画のポスターが天井にまで貼ってあって雰囲気のある店だ。

コの字型のカウンターに集うのは洋画家、自称ロックンローラー、川崎から通うミュージシャン、静岡出身の自営業、阿佐ヶ谷生まれの広告代理店勤務、兵庫出身の会社員。最後は川崎のミュージシャン、五十嵐正史さん作詩・作曲の『結風《ゆいかじ》』を熱唱。我が家でもそうだったが、あらかじめゆかりの人に声をかけているのだろう。

新阿佐ヶ谷会

「新阿佐ヶ谷会」が結成されたのは、二〇〇〇年の九月に祖父の評伝『青柳瑞穂の生涯　真贋のあわいに』（新潮社、のちに平凡社ライブラリー）を上梓し、『サンデー毎日』で岡崎武志さんにインタビューしていただいたのがきっかけだった。

阿佐ヶ谷文士、とくに木山捷平が大好きな岡崎さんは、伝説の会場のあたりを彷徨いながら、いつかこの中にはいりたいと念じていたという。それが、雑誌のインタビューで実現し、井伏鱒二や太宰治もくぐった玄関に招じ入れられて、しばし身体が動かなかったと回想していらした。

同年一二月には、杉並区のコミュニティスクールから阿佐ヶ谷文士についての講演も依頼された。会場は阿佐ヶ谷図書館。まず、郷土史家の萩原茂さんが参加者を荻窪文学散歩にご案内し、最後に私の講演を聞いていただくという趣向。

上林暁が脳溢血で倒れて半身不随になった話をしていたちょうどそのとき、文学散歩で疲れたお年寄りが倒れて救急車で運ばれるという騒ぎが起きた（幸い、大事に至らなかった模様）。このとき、上林の初版本を蒐集していらっしゃる新潮社の八尾久男さんにもお会いした。八尾さんもまた、阿佐ヶ谷会の元会場である私の家のあたりを彷徨っていらしたという。

八尾さんとカメラマンの田村邦男さんが雑誌の取材で自宅にいらしてくださったとき、岡崎さんもお誘いして阿佐ヶ谷文士行きつけの店「熊の子」に飲みに行った。

「熊の子」は、取材時には友好的だったが、本が出てからはやや警戒的になった。もしかしたら、「あとがき」のこんなくだりが地雷を踏んでしまったのかもしれない。

ルソー『孤独な散歩者の夢想』は祖父の代表的な訳業だが、それを純文学の雑誌である『群像』に掲載してくださった当時の編集長、川島勝さんを「熊の子」にお連れしたときのこと。おかみさんと昔話をしていると、コの字形のカウンターでボトルキープのウィスキーを飲んでいた年配の婦人が「青柳さんの話？　私、藤原審爾の家内よ」と声をかけてきた。

「あとがき」ではこんな風に描写している。

「少し茶色がかったレンズの眼鏡をかけ、栗色に染めた髪をきれいにセットした彼女は、話すとき、唇が動くより先に鼻孔をふくらませ、鼻ごとずりあげるような癖がある」

藤原審爾は、戦後の一時期、外村繁家に間借りしていたことがある。やはり間借りしていた真尾悦子さんの『阿佐ヶ谷貧乏物語』によれば、倉敷に妻子をおいて上京した藤原は、外村家の三畳間に万年床を敷いて執筆していた。代表作『秋津温泉』が発表されるのはその年の末だから、書いていたのはその小説だったかもしれない。

藤原審爾は艶福家だった。「熊の子」で飲んでいた静枝さんに一目惚れして阿佐ヶ谷に新居をかまえたとき、まだ妻子との縁は切れていなかった。やがて静枝さんと正式に結婚し、女優の藤真利子さんが生まれたが、彼女が四歳のとき、夫の女性関係に悩んだ母親は娘を連れて家を出てしまう。「青柳さんはねぇ、いつか私に言ったよ。伊藤整は『女性に関する十二章』であんなに儲けてどうするのかね。金の使い方も知らないで。僕にくれればいくらでも使ってやるのにって。こうも言った。僕はいろんなものを集めてるんだよ。骨董なんだ。でも、僕が死んだあとどこへいくか、みものだねって」

藤原家も、そして青柳家も複雑な家庭事情をかかえており、静枝さんとは話が進んだが、あらかじめ掲載許可を得るべきだったかもしれない。

二〇〇一年に「熊の子」を訪れたとき、静枝さんは飲みに来ていなかったが、おかみさんは私の顔を見て、できることなら来てほしくなさそうなそぶりをした。しかし、同行のお三方は喜びいさんでいる。かまわず店にはいり、入り口近くに陣取って、おかみさんが(心なしかいやいや)つけてくれる燗酒を飲みながら、文士の思い出話をはじめた。飲んだ勢いも手伝って、その場で「阿佐ヶ谷会」を復活させようという運びになったように思う。

記念すべき第一回は二〇〇二年一月四日。出席者は岡崎さん、八尾さん、萩原さんの他に、中央線沿線の文士に関する著作もある文芸評論家の川本三郎さん、白水社の編集者で梅崎春生ファンの小山英俊さん、近年井伏鱒二論『水の匂いがするようだ』で角川財団学芸賞を受賞されたフランス文学者の野崎歓さん、筑摩書房の編集者で決定版『上林暁全集』を担当された山本克俊さん、装幀家の間村俊一さんと総勢九名。

「阿佐ヶ谷会」は、人数が少ないころは奥の祖父の書斎で開かれていたが、出席者が増えて手狭になり、玄関脇の六畳と八畳をとっぱらって使うようになった。二一世紀の八畳は、ワードローブがわりに私のステージ衣装がずらりと並んでいるので、とてもあけるわけにいかない。六畳だけをようよう片づけてお通しした。

車座なので話題は対角線方向にからみあい、骨董蒐集からフランス文学、音楽、映画とさまざまな話題がとびかう。博覧強記の方々ばかりだから、あちこちでとんでもないクロスオーバーが起き、座談は大いに賑わった。

佳境にはいったところで岡崎さんが色紙をとり、マジックで得意の似顔絵を描かれる。あとで見たら、シャンパン一本、四升の日本酒と一升の焼酎が空になっていた。

二〇〇三年七月には、奥多摩遠足に行った。昭和一七年、戦時中の食糧難の時期に御獄渓谷を散策し、玉川屋という蕎麦屋で懇親会を開いた「阿佐ヶ谷会奥多摩編」の再現である。ついでに、漫画家つげ義春ゆかりの五州園に泊まり、翌日は御獄神社に詣で、奥多摩の銘酒澤乃井の酒蔵を見学する盛りだくさんの行程だった。

本家本元の「阿佐ヶ谷会」に倣って一二時半に立川駅集合。メンバーは川本三郎さんはじめ総勢一〇名。萩原さんと八尾さんが編集し、岡崎さんがイラストを描き、間村さんが装丁した「奥多摩遠足　よゐこの栞」が配られる。表紙は、小学生の帽子をかぶり、胸に名札をつけた人物が四人。私、木山捷平、川本さん、上林暁。昭和一七年のときは太宰治も参加していたのだが、あえてはずすあたりが「新阿佐ヶ谷会」らしい。

青梅線の沢井で降りて河原を散策し、寒山寺にお参りして玉川屋到着。大座敷には本家たちの色紙が今も飾られている。彼らの食した鱒の塩焼きは売り切れだったが、ヤマメの塩焼きやフキの佃煮をつまみに地酒の澤乃井の冷酒を愉しむ。小さなざるに盛られた蕎麦は香り高く、コシがあって美味しかった。木山捷平はこれを七杯も八杯も平らげたのだ。奥多摩遠足からしばらくたったころ、「新阿佐ヶ谷会」は荻窪の小さなホールに会場を移し、将棋を指すかわりにピアノを弾いてから酒を飲むようになった。その後も、阿佐ヶ谷文士大好きの面々によって年に一〜二度開催されている。

阿佐ヶ谷文士たちは井伏を除いてほぼ無名で、お金はないかわりに時間とひまがたっぷりあったのだが、「新阿佐ヶ谷会」の面々は売れっ子ばかり。なかなかスケジュールが合わないのが悩みだ。

「阿佐ヶ谷会」文学アルバム

二〇〇七年八月、幻戯書房から『「阿佐ヶ谷会」文学アルバム』が刊行された。監修は川本三郎さんと私。装丁は間村俊一さん。カバーの写真はとらや椿山さんの提供によるもので、パールセンターが「阿佐ヶ谷南本通り商店街」と呼ばれていたころ（昭和十年代）の風景。洋装に帽子をかぶってステッキをついた男性と、着物姿の女性が歩いている。ランニングシャツに裸足の少年はモノを売っているのだろうか。

扉の写真も充実している。昭和二九年の「阿佐ヶ谷会」風景や『文藝春秋』が撮影した井伏鱒二、外村繁、上林暁、祖父青柳瑞穂の写真。こちらは昭和二八年だ。祖父の書斎で将棋を指している風景もあれば、六畳の日本間で床の間を背に談笑している風景もあるが、いずれも現場ではなくそういうポーズをとった「やらせ」写真だろう。

編集は「南陀楼綾繁《なんだろうあやしげ》」のペンネームをもつ河上進さん。古本はじめあらゆる古物の蒐集家としても知られる。

河上さんと岡崎武志さん、萩原茂さん、私の四人は手分けして、文士の家族など関係者にお話を伺うことになった。

私と河上さんの分担は『阿佐ヶ谷貧乏物語』の著者真尾悦子さんだったので、二〇〇六年一月一九日、当時真尾さんがお住まいだった札幌に出かけていった。

この旅のとき、河上さんは全体の章立てや、どの文士のどの文章を掲載するか、どなたに評論を依頼するか…等々の素案をもってきてくださった。

ホテルに落ち着いた私たちは、打ち合わせを兼ねてホテル内のお店に飲みに行った。私はお酒を飲んでもあまり酔わないのだが、にごり酒だけは前科がある。むやみに苛立ってそこら中の人とケンカするのである。京都のバーでは店中の人とケンカになった。札幌でもにごり酒を飲みすぎてしまい、悪酔いして河上さんの素案をボロクソにけなした。顔面蒼白になった河上さんが素案を破り捨て…と険悪な雰囲気になった。

部屋に戻ってすぐに反省しておわびメールを入れ、翌日は何事もなかったようになごやかにインタビューをすませたのだが。

それでおそらく改案したであろうコンテンツは次の通り。

序文は私が書いた。タイトルにとった「お先にどうぞ」というのは井伏の口ぐせだったらしい。阿佐ヶ谷文士に共通しているのは、純文学に徹して清貧に甘んじたというところだろう。そのために家族は貧乏で困ったわけだが、商業主義に陥ることをひどく嫌い、何の間違いか売れてしまった文士は何となくいづらい雰囲気になった。極限状況に身を置きながら、ほのぼのした筆致でできるだけのんびりした調子で書くところに味わいがあった。

全体は四部にわかれ、第一部は井伏はじめ文士たちが阿佐ヶ谷会について書いた文章を掲載した。太宰治が阿佐ヶ谷会について書くことはなかったが、太宰と親交が深かった亀井勝一郎、太宰の同級生だった中村地平、太宰と同じ天沼に住んだ伊馬春部、太宰の写真を撮った安成二郎の文章も掲載されている。

戦後の参加で、最後の阿佐ヶ谷会で世話人をつとめた作家の島村利正は、「聖なる影―上林暁追悼」で上林暁の歌について書き留めている。

阿佐ヶ谷会で上林が歌うことはなかったが、二次会でいちどだけペギー葉山の『よさこい節（南国土佐）』を聴いたことがある。土佐は上林の故郷にあたる。

「上林さんはひくい声で手を打ちながら歌った。すこし尖った眼尻がさがり、顔がクシャクシャになった。歌はうまくなかった（中略）。そのうまくない歌には独特の哀調があって、こちらの胸もつまってきた」

第二部はインタビューで、ご登場いただいたのは上林暁の妹の徳廣睦子さん、木山捷平の息子の萬里さん、外村繁の四男の和夫さん、そして真尾悦子さん。

徳廣さんは二度にわたる脳溢血の発作で半身不随になった兄の口述筆記をおこない、左手で書いた原稿を判読して清書するなど、執筆活動を――文字通り――支えた方である。外村の末っ子の和夫さんは、小学校一、二年生のころは学校から帰ると毎日のように父親の書斎に行き、宿題をやっていたという。小説を書いていても「いま忙しいから」と断られたことはあまりないという、子煩悩な外村がしのばれるエピソードだ。

阿佐ヶ谷会を楽しみにしていて、朝からそわそわしていたというのは、木山捷平の長男萬里さんの記憶と共通している。木山は開始前から行き、いちばん最後までいたらしい。木山は阿佐ヶ谷文士の中では世に出るのが一番遅れた。「他人の自分ですらじりじりしたのだから、本人はどんなにじりじりしただろう」と小田嶽夫は書いている。遅筆で知られ、萬里さんは「家ではとにかく毎日、机の前に座って原稿用紙を広げている。でも、書いている様子はない。ぼくなんかもっと早く書けばいいのに、と思っていたんですが（笑）。あれだけ文章や言葉にこだわったのはどうしてかなぁ、と思いますね」と回想する。

第三部は「阿佐ヶ谷会再考」と題した評論と「阿佐ヶ谷文学散歩」。

川本三郎さんは「作家もいた、画家もいた、そして漫画家も」で、文士も編集者もゆったりと飲んだり歩いたり書いたりしていた時代を懐かしむ。私は「外国文学者と私小説作家」で、私小説作家と海外文学翻訳家との不思議な混淆について考察した。元「新潮」編集長の前田速夫さんは「町内の先生」で上林暁について語り、作家の堀江敏幸さんは「鮎と鮪と私小説——島村利正と阿佐ヶ谷会」で、「会員たちの面白おかしい思い出話にほとんど登場しない」島村利正の絶妙の立ち位置について語る。「阿佐ヶ谷会」についての著書も多い大村彦次郎さんは「阿佐ヶ谷会と文士村」を寄稿。

第三部の最後は、河上さん、八尾さんとカメラの田村さんによる「阿佐ヶ谷・荻窪文学散歩」。田村さんの撮影された写真がステキだ。文士たちが通った「下田ミナト」にはじまり、上林暁の短編に登場する荻窪のレコード店「月光荘」、太宰が昭和一一年一一月から住んだ天沼の「碧雲荘」、やはり天沼の上林暁邸、清水の井伏鱒二邸、現存する最古の古本屋「川村書店」、スターロードの喫茶店「プチ」。阿佐ヶ谷文士がよく通った店で上林暁や外村繁の色紙も所蔵していたが、残念ながら二〇〇八年秋に閉店してしまった。

第四部は萩原茂さんの編纂になる『阿佐ヶ谷会』関連主要文献目録」。『『阿佐ヶ谷会』開催日一覧」や「『阿佐ヶ谷会』関連年表」がとても便利だ。

「あとがき」を担当した「新阿佐ヶ谷会」の幹事八尾さんは、「この天下の貴

右／太宰治が昭和11年11月から住んだ天沼の「碧雲荘」
左／天沼の上林暁邸

写真／田村邦男（『「阿佐ヶ谷会」文学アルバム』より）

書（奇書？）が構想されてから世に出るまで、二年近い歳月が流れている」と書き、「幻戯書房代表の辺見じゅん氏の厚意と、本書を企画・編集されたフリー編集者の河上進氏の熱意に感謝の意を表する」と結んでいる。

上林暁の作品に登場するという荻窪のレコード店「月光社」

阿佐谷北の古書店「川村書店」

音楽仕立ての新阿佐ヶ谷会

二〇〇六年一月一五日、『「阿佐ヶ谷会」文学アルバム』の刊行を準備していたころ、「新阿佐ヶ谷会」が開かれた。このときは三本立てで、まず荻窪の「術芸館《かん》」という小さなホールで私がドビュッシーの『前奏曲集第一巻』を解説つきで演奏し、ついで同ホールでパーティ、最後に阿佐ヶ谷の家に移動して二次会という豪華版だった。

杉並区立中央図書館の手前にある「術芸館」はちょっとした厨房設備も備えているので、サロン・コンサートには最適だ。

ホールは二階。五〇人ほどのスペースにはプレイエルの小型グランドが置かれている。プレイエルと言っても、ショパンやドビュッシーが愛用したころの楽器ではない。一九三四年に破綻し、その後フランスの他のメーカーと合併したり、ドイツのメーカーに買収されたり、紆余曲折を経たのち一九九五年に南フランスの工場で再生したものの、二〇一三年に製造中止。術芸館のオープンは二〇一二年だから、かろうじて間にあったのだろう。とてもやわらかい響きの典雅なピアノだ。

この日は『「阿佐ヶ谷会」文学アルバム』の編集にあたってくださった南陀楼綾繁こと河上進さんも出席。ブログのコラムになかなか楽しい感想が残っているので一部転載しよう。

「今日はココで『新阿佐ヶ谷会』の集まりがある。青柳瑞穂のお孫さんのピアニスト・青柳いづみこさん、川本三郎さんをはじめとして、中央文士によるかつての阿佐ヶ谷会に関わったり、シンパシーをもつ人たちが集まっている。今年（実際の刊行は翌年）、幻戯書房で、阿佐ヶ谷会に関する本を出すことになったので、ぼくも呼んでもらったのだ。まず、青柳さんによるドビュッシーの『前奏曲集』の演奏。作品の背景を語りながらの演奏だったので、感興も高まった気がする」（「新阿佐ヶ谷会のボケとツッコミ」）

コンサートのあとは立食パーティ。幹事さんたちが買ってきたお惣菜に、各自持ち寄りのお酒やおつまみを加えてテーブルは賑やか。上林暁の妹さんの徳廣睦子さん、木山捷平の息子さんの萬里さんもいらしていたので、河上さんは「二人ともとてもお元気だった」とうれしそう。

パーティは六時半ごろ終了。ここで木山さんと徳廣さんはお帰りになり、場所を阿佐ヶ谷に移して宴会。二〇名近くが青梅街道を練り歩いて阿佐ヶ谷の家に到着。玄関脇の六畳にはとてもはいらないので、二五畳ほどのピアノ部屋にお通しした。残された写真を見ると、ソファというソファ、椅子という椅子に鈴なりになっている。

河上さんのブログによれば、岡崎さんは名古屋からの参加。『「阿佐ヶ谷会」文学アルバム』に寄稿してくださった作家の堀江敏幸さんも、宴会からのご出席。

「ぼくの隣には、もと新潮社のカメラマンの田村邦男さんが。豪快なおじさんだった。川本さんがいろんな失敗談を披露すると、ヨコにいたフランス文学者の野崎歓さんがすかさずツッコミを入れる。このタイミングが絶妙で、どんな小さいボケも丁寧に拾い上げるその反射神経は素晴らしい。川本さんだけでなく、ほかの人のボケも見逃さない。遠くにいても、ちゃんと聞こえるように突っ込む。このヒトがあの『谷崎潤一郎と異国の言語』〈人文書院〉の著者なのかというのが、今日いちばんのオドロキだった」

野崎歓さんは、フランス文学者出口裕弘さんのお宅でお目にかかって以来のおつきあいだ。座談の名手で、野崎さんがいらっしゃると会話が活気づく。

日本酒の飲みすぎでギブアップ寸前の河上さんは、岡崎さんとともに少し先に帰られたようだ。「知らない人が多い会ではいつも緊張してしまうのだが、今日の会はフランクな感じで居心地がよかった」と書かれている。

よかった、よかった。

新阿佐ヶ谷会のコンサート編はその後もつづき、二〇一一年に『グレン・グールド　未来のピアニスト』（筑摩書房）を刊行したときは、録音を流したりピアノを弾いたりしながら、本の内容についてレクチャーした。翌年には、ソプラノ歌手の吉原圭子さんをゲストに、文豪リラダンの歌曲など珍しい作品を歌っていただいたし、二〇一三年にフランスのヴァイオリニスト、クリストフ・ジョヴァニネッティが来日したときは、モーツァルトやファリャ、グラナドスを共演した。

時期は少しさかのぼるが、二〇一〇年一月一七日に阿佐ヶ谷文士の歌曲編を開催したこともある。バリトン歌手の根岸一郎さんに、中田喜直が井伏鱒二の詩につけた『つくだ煮の小魚』や木山捷平の詩につけた清瀬保二の『メクラとチンバ』（差別用語を使っているため、今の歌曲集には『お咲』というタイトルで載っている）を歌っていただいた。

『つくだ煮の小魚』は井伏の『厄除け詩集』の一篇で、ある雨の晴れ間に、竹の皮に包んだつくだ煮が水たまりにこぼれ落ちたところからはじまる。小魚たちは、一ぴき一ぴきを見れば、目を大きく見開いているし、顎の呼吸するところには色つやさえもある。

「そして　水たまりの底に放たれたが
あめ色の小魚達は
互に生きて返らなんだ」

これはちょっと怖いし、哀しい。一九五七年に中田喜直の作品演奏会で畑中良輔の歌、作曲者自身のピアノによって初演された。

『メクラとチンバ』は昭和七年（一九三二）四月二〇日に日本青年館で初演された。

足の不自由なお咲は働きもので、尻をはしょって桑の葉を摘んだり、泥だらけになって田の草を取ったりした。二七歳の秋、嫁入り先が見つかり、岩屋峠を越えて但馬から丹後へと出かけて行った。丹後の宮津では目の不自由な三八歳の男が待っていた。

「どちらも貧乏な生い立ちだった。
二人はかたく抱き合ってねた。」

何ともいえずコミカルで、やっぱり哀しい詩だ。清瀬のメロディは朗誦風で、詩の抑揚に忠実に音符をつけているが、最後だけはイントネーションに逆らい、「ねた!」の「た」のほうを高く歌い上げて終わる。

歌ったのはバリトンの照井栄三。列席していた木山は日記に「アンコール三回。あとで清瀬氏と作歌者、歌手と記念写真をとる。みさをは一人で帰宅した」と書いている。

「みさを」とは、前年の一一月に結婚したばかりの新妻である。この文面だけ見ると妻が勝手に先に帰ったようだが、みさをは木山捷平全詩集のあとがきで、「私は捷平と二人で後方の席にいたが、いつの間にか捷平は居なくなった。上京後初めて一人で大久保に帰った」と記している。

怒りん坊の木山は、自分の詩につけた清瀬の音楽が気に入らなかったのかもしれない。

だいこん屋

「新阿佐ヶ谷会」は荻窪のコンサートサロン「衎芸館」や文芸カフェ「6次元」で開かれることが多いが、二次会はだいたい「だいこん屋」に行く。南口一番街のどん詰まりを左折すると、右側の古風な硝子戸の店だ。一〇席ほどのL字型カウンターのうしろに広めの小上がりがあり、ゆったりと歓談できる。

主人の松本純さんは水産大学出で元捕鯨船の船長（それなのになぜお店の名前が「だいこん」なのだろう）。幼いころから文学少年で、俳句に魅せられ、捕鯨船にも歳時記を携えて行ったという。陸に上がって一九七二年に店を開き、同時に仲間と『すずしろ句会』をつくった。二〇一二年には第一句集『三草子』で日本一行詩大賞新人賞を受けている。

二〇一七年二月にＮＨＫ－ＢＳの番組「ＴＯＫＹＯディープ！ 文化が薫るサロン・ド・阿佐谷」で自宅の玄関が撮影されたことは前に書いた。番組で使用された新阿佐ヶ谷会の写真のテロップに誤りがあり、制作会社のディレクターがお詫びしたいと言ってきたので、幹事や番組の出演者たちと「だいこん屋」に集まることにした。

このとき、元東大教授にして地球物理学者の野津憲治さんにもお声がけした。「新阿佐ヶ谷会」

のメンバーではなく、集合時刻に少し遅れた私は心配したのだが、到着してみると旧知の仲のように皆さんとお話していらしたのでほっとしたのを思い出す。

野津さんは、作曲家・ピアニストの高橋悠治さんがコラボレートしていた三絃奏者、高田和子さんのご主人で、二〇一八年に上梓した『高橋悠治という怪物』(河出書房新社)の取材でお世話になった。高田さんは二〇〇七年に亡くなっていたため、旦那さまにお話を伺おうと思ったのである。引き合わせてくださったのは高田さんとも共演なさっている木琴奏者の通崎睦美さんだった。

まずメールでご都合をお伺いすると、できるだけ協力するが、プログラムや楽譜、演奏会の記事といった資料を探しているのか、当時の逸話のようなものを知りたいのか、まずは取材の意図をきいて、必要なら資料を提供したいというお返事をいただいた。

自分が書こうとしているのは「論」であって「伝」ではないのでプライヴェートなことには触れないとお伝えした上で、具体的な共演状況について、高橋さん側の資料はいただいているので、高田さん側の資料にも目を通したいというようなことを申し上げた。

父も夫も化学者なので、理科系の方々の思考には慣れている。取材は順調にすすむだろうという予感がした。

しかし、実際に池袋の芸術劇場のカフェでお会いしてみると、野津さんは感情豊かな方で、おそらく封印してきたであろう奥さまへの思いが溢れ、会見は予定の一時間をはるかに超え、紙コップのコーヒーを二杯おかわりしても足りないぐらいの長い時間、お話を伺っていた。

高田和子さんは一九五〇年生まれ、私と同い年の三絃奏者である。東京藝大の邦楽科では箏を専攻し、大学院を修了してから三絃の杵屋正邦の門を叩いた。箏の師匠だった谷珠美が現代邦楽の先駆者だったため、一九八三年のデビュー・リサイタルでは一柳慧や福士則夫といった高名な作曲家に作品を委嘱して初演した。以降、どんな難曲も弾きこなすヴィルトゥオーゾとして高い評価を得ていた。

高橋悠治さんとの出会いは、一九九〇年に国立劇場の復元楽器による作品依頼シリーズで矢川澄子の詩による『ありのすさびのアリス』が初演された折りのことで、高田さんは三絃ではなく声のパートでの出演だった。

その翌年、武満徹が主宰する「MUSIC TODAY」で『風がおもてで呼んでゐる』が再演され、高橋さんは高田和子さんをソリストに指名した。高橋さんの『きっかけの音楽』に収録された追悼文によれば、この作品はもともと別の奏者が委嘱・初演したもので、

「邦楽では　初演者が委嘱した作品を私有する慣習がある
それを知りながら　あえて演奏を引き受けたために
彼女はそれまでの仲間と別れて　異なる音楽の道に踏み迷うことになった」とある。

つまり自責の念にかられているわけだが、この点について野津さんに伺ったところ、いかにも科学者らしく、初演者はたしかに面白くない思いはしたろうが、あくまでも現代邦楽の分野なので古典芸能の世界で力をもっていたわけではなく、高田さんの出演まで左右するような立場にはいなか

ったと思う、と明快な回答が返ってきた。

高橋さんは同じ追悼文で、二〇〇二年に大病をしてしばらく三絃から遠ざかっていたこともあり、「共演の企画はなかなか実現しなかった。彼女には、この頃、ほとんどしごとがなく、邦楽組織の外にいるために、教職に就くこともできなかった」と書いている。

この点についても野津さんに質したところ、事実確認のために高田和子さんの年度別活動記録表をつくってくださった。高橋悠治さんとのコラボレーションと彼女独自の活動について項目が分かれており、二〇〇二年はむしろ高田さん独自の活動が増え、年間のコンサート数も多かったことが一目瞭然でわかった。

こうして、高田和子さんに関する疑問が氷解したわけだが、そんな資料のやりとりは、いつも阿佐ヶ谷の飲み屋で行なわれた。

最初に行ったのはパールセンターの青梅街道寄りの「味彩坊」という和食の店で、お酒も料理も美味しく、L字型のカウンターが話しやすい。野津さんはたくさんの貴重な資料をもってきてくださって、話は尽きなかった。

次はワインでお手合わせ願いたいというので、「ドン・ツッキ」の窓際席を取った。本のゲラが出たときは、あらかじめ読んでいただいた上で、北口の居酒屋「神鶏」でご意見を伺った。いずれもごく庶民的な店なのだが、きちんと背広を着てネクタイピンをつけていらしたのを思い出す。

本の取材をはなれても、私のコンサートには都合がつくかぎり出席してくださったし、打ち上げもいつも参加だった。打ち上げ会場が遠い場合、地図をもって列の先頭に立ち、まるで遠足の引率の先生のように導いてくださったものだ。

二〇一八年一一月二五日、荻窪の「6次元」で開かれた「新阿佐ヶ谷会」にも参加してくださったが、夏ごろから体調を崩したらしく、少しお痩せになって心配していた。検査したところすい臓がんが判明し、以降は入退院を繰り返して一九年七月に亡くなられた。

闘病中に一度だけ阿佐ヶ谷の家にいらしてくださったことがある。NHKテレビ「ららら♪クラシック」の『月の光』特集でピアノ室が映ったので、興味をもってくださったようだ。メールを読み返してみると、「一度青柳さんの家を見てみたいと思っていました」と書かれている。

お葬式は地元の朝霞で執り行われたが、その日、朝霞はお祭りで賑わっていた。お参りして阿佐ヶ谷に戻ってみると、パールセンターも七夕まつりで賑わっていた。

カフェ・ド・ヴァリエテと外村さん

阿佐ケ谷駅の北口、中杉通りを鷺宮方面に歩くと、右側に杉並第一小学校、神明宮、世尊院などがみえてくる。さらに通りすぎ、ファミリーマートの角を右に曲がると、中杉通りをひと筋隔てた細い道に珈琲専門店「カフェ・ド・ヴァリエテ」がある。店名はヴァレリーの評論集からとったのかと思ったらそうではなくて、「さまざま」の通称だという。オリジナルの焙煎機をそなえつけていて、ブラジル、コロンビア、グアテマラ、インドネシア、エチオピア、タンザニアなど世界各国の豆を焙煎している。店主はクラシック好きで、ミニコンサートも催しているらしい。

このカフェを紹介してくださったのは、喫茶店で仕事をする習慣のあるラテン・アメリカ文学者の野谷文昭先生。店主と話しているうちに、阿佐ヶ谷文士のひとり、外村繁のお孫さんが高校の同級生で、ときどきこのカフェにコーヒーを飲みにいらっしゃることがわかった。

江戸時代からつづく近江商人の家に生まれた外村繁は、第三高等学校（京都大学の前身）時代は文科だったが、親の意向で東京帝国大学経済学部に進学。在学中に三高時代の友人、梶井基次郎や中谷孝雄と同人誌『青空』を出している（創刊号に梶井の傑作『檸檬』が掲載された）。

大学卒業後に父が急死して家業を継いだが、商売に向かないことを悟って末弟に譲り、作家を志して昭和八年に阿佐谷南に引っ越してくる。東京帝国大学生時代に六本木のカフェの女給をしていたとく子と出会った外村は、阿佐ヶ谷に転居したときすでに三人の子持ちだった。上から晶、青滋、洋。阿佐ヶ谷の家で郁子、和夫が生まれ、昭和一三年に祖父の家と三ブロック隔てた路地に転居した。

そのうち長男の晶さんのお嬢さんが、外村朋子さんである。

前にも書いた通り、父と祖父の仲が悪かったため、外村繁さんにはお目にかかったことがないのだが、せめて孫同士でもお会いしたいものだと思い、いらっしゃる日を教えていただいて「カフェ・ド・ヴァリエテ」に出かけていった。

朋子さんは地元の小・中学校に進んだので、私の家の路地に住む何軒かのお宅は杉七の同級生か上級生だし、商店街には阿佐ヶ谷中学時代の同級生が何人もいるという。パールセンターを歩くと、必ず一人は同級生に出くわす、とおっしゃるので私はうらやましく、転校しないでずっと杉七に行っていればよかったと思った。

テレビ番組の脚本家とのことで、ためしにネットで検索してみたら、私が好きでよく見ていた「法医学教室の事件ファイル」という番組がヒットして、快い驚きにおそわれた。名取裕子扮する法医学者の早紀が、宅麻伸扮する警部の夫と協力して事件を解決するドラマ。「遺体の声をきく」ことをモットーとした早紀は、自分に与えられた検死の仕事に飽き足らず、職域を越えて動くので、ときどき夫や警察幹部と衝突する。最後は、早紀が医療の専門家にしかわからないトリックを見抜き、事件を解決するパターンが多い。

一九九二年開始のシリーズだが、二〇一八年の第四四話から外村さんが脚本を担当されている。

朋子さんのお父さまは遺伝学者で、東京医科歯科大学の難病疾患研究所の教授だったから、お孫さんはお祖父さまとお父さま両方のＤＮＡを受け継いでいるというべきか（もっとも、私の父も祖父とは正反対の理系に進んだが、末裔の私は理数はさっぱりである）。

朋子さんご自身も大学は理系で、最初の就職も理系の会社だったらしい。ミステリー系のテレビドラマの場合、何気ない会話に伏線をはりめぐらせ、ミスディレクションで読者をあざむきつつ真相解明に導く作業はほとんどパズルのようなもので、理系の頭が役に立つという。

私もミステリーが好きで、音楽や音楽家を扱ったミステリーを題材に『ショパンに飽きたら、ミステリー』『六本指のゴルトベルク』といったエッセイ集を出しているので、大いに話がはずんだ。

音楽ミステリーを専門家の目からみると、ありえない勘違いが気になるものだが、医学ミステリーにも同じようなことがあるだろう。『ショパンに飽きたら、ミステリー』では、細菌学者の由良三郎さんの『ミステリーを科学したら』のこんなエピソードをとりあげた。

ミステリーの中では、犯人はいつも包丁のひと突きで被害者を殺してしまうのだが、由良さんによればことはそんなに簡単ではないという。四肢を固定した兎の心臓に注射針を突き刺す実験だって、適切な方向やらスピードやらいろいろあって、素人には至難の業らしい。じっとしている兎ですらこうだから、必死で抵抗する人間相手にそんなにうまくいくわけはない。

遺伝学者の娘さんである外村さんも、たとえば青酸カリを使った殺人に異議をとなえる。よほど厳重に保管しておかないかぎり短期間で無毒化してしまうため、娘が母の形見の青酸カリで自殺するなどありえないのだという。こんな話を伺うと、私も、祖母がどうして青酸カリで死ぬことができたのか、不思議に思えてくる。

クラシックにはあまり知識のない朋子さんは音楽ミステリーは手がけたことがないそうだが、「法医学教室の事件ファイル」では、演奏家特有の身体的特徴をトリックに使うことはできるのではないかと言い、何かネタはありませんか？　ときかれたので、次のようなことをお話した。

管楽器奏者は歯ならびがモノを言う。歯に隙間があるとよい音が出ない。フルート奏者の唇は薄いほうがよいらしい。クラリネットやオーボエなどリード楽器の奏者は、日がな一日リードを削る作業に邁進している。チューバは肺活量が必要なので従来は恰幅のよい男性が吹くものとされてきたが、最近ではインナーマッスルを鍛えるようになったため、小柄な女性のチューバ奏者も増えてきた。ピアニストは肘から手首の裏側にかけての筋肉が発達する。ヴァイオリン奏者は楽器を左顎ではさんで弾く姿勢のため、左側の歯槽骨や顎にずれが生じ、脊椎が湾曲し、ひいては体の軸にゆがみが生じやすい。

それでは、解剖したときにそのような特徴がみられなければ別人ということになりますね、と外村さん。

そのうち外村朋子脚本による「法医学教室の事件ファイル・音楽編」が放映されるのを楽しみに待とう。

青柳いづみこ

V 私の阿佐ヶ谷物語

スタインウェイピアノ

コジマ録音

現在のピアノ室は防音はされているが二四時間弾けるわけではなく、自主的に二二時半終了と決めている。練習が終わったあとは、解放された気分で近くのコンビニに行く。駅のそばにもセブンイレブンがあるし、中杉通りにはファミリーマートやローソンも店を出しているが、たまに産業会館通りを右折すると、二辻先にミニ・スーパー「まいばすけっと」の明かりが見えてくる。

昔は、「越島屋」という酒店だった。ぎょろ目のおじさんと働き者のおかみさん。おじさんはいつもお店のお酒を飲んで顔を赤くしていた。そのあとは、やはり働き者のお嫁さんが店に出ていた。花籠部屋と日大相撲部があるころは、お相撲さんたちがたむろしていたから商売には困らなかったろう。それから「ローソンストア１００越島阿佐ヶ谷店」と名前を変えたが、働き者のお嫁さんはレジに出ていて、テキパキと仕事をこなしていた。

たぶん、まだ「越島屋」時代、歩きながら道の左側にふと目をやった私は、見慣れたレコード会社の看板を発見してびっくりした。

ＡＬＭコジマ録音。

小島幸雄さんが主宰するコジマ録音は老舗のレコード会社で、とりわけバロック系と現代音楽系で、地味だが良質のCDを出しているところ。その前は代々木に事務所をかまえていたように思うのだが、鷺宮にお住まいとのことで職住接近のため高円寺、阿佐ヶ谷辺りの物件を探していらしたらしい。移転は二〇〇〇年というからもう二〇年になる。

とりあえず自宅から歩いて二分！　なので早速何かレコーディングをしましょうということになった。

最初につくったアルバムは『やさしい訴え　ラモー作品集』（二〇〇五）。小島さんは古い楽器が好きなのでいろいろ見に行った。その中で気に入ったのが、タカギクラヴィア所有の「ローズウッド」（一九八七年製ニューヨーク・スタインウェイ）。ニューヨークのカーネギーホールに置かれていたころホロヴィッツも弾いたことがあるという。

楽器は良かったのだが、ホールが問題だった。レコーディングには三日間必要なのだが、連続して空いている安い公共施設がなかなか見つからず、八ヶ岳のほうの高原にあるホールを借りた。周辺に適当なホテルもなく、レコード会社で借りてくれた宿はラブホテルを改装したものだった。

木でできたホールで音響は良かったが、外の湿気がもろにはいってくる。しかも、設置場所が田んぼのど真ん中で、夜になるとカエルがゲコゲコ…。

ピアノ、それも古い楽器は温度湿度の影響を受けやすい。湿度が上がってくると調律も狂うし、指が鍵盤にはりついて弾けなくなってしまうのだが、録音中は空調を切っておかなければならない。

公共施設のため、自分たちで空調を入れるわけにいかない。そのたびに社会教育課に電話するのだが、車で一五分かかるためすぐには来てくれない。やっと調子がよくなっても、ものの一時間も弾いているとまた湿ってくる……。

こんなふうに悪戦苦闘の三日間だったが、そんなときに限ってよいアルバムができるもので、『やさしい訴え』は演奏も音も、私のディスクの中でもベスト三にはいる。

バロックのスタイルを知らない私に小島さんが「F分の一のゆらぎで」とアドバイスしてくださったのがとても効果的だった。

それから三枚ほどつくり、最新作の『6人組誕生!』もコジマ録音だが、阿佐ヶ谷に縁が深いといえば『大田黒元雄のピアノ』(二〇一六)だろう。

日本の音楽評論の草分け、大田黒元雄は祖父と親しかった。祖父は素人ながらピアノも弾き、楽譜のコレクションにはドビュッシーのピアノ組曲『映像』や、『忘れられた小唄』や『マラルメの三つの詩』などの歌曲集に加えて、オペラ『ペレアスとメリザンド』のヴォーカル・スコアまであった。きっと、第一次世界大戦前にロンドンに遊学し、最先端の作曲家たちの楽譜を買い込んできた大田黒に教えてもらったにちがいない。

大田黒は荻窪三丁目の広大な地所内に住んでいて、鬱蒼とおいしげる木立の中に建つ邸宅は「すずめのお宿」と呼ばれていた。あまりに広大すぎて門をはいってから家に行き着くまでに何分も要するという話だったが、一九七九年に主が亡くなったあと、杉並区に寄贈され公園になった。

その公園で、大田黒が所有していた一九〇〇年製のスタインウェイが雨ざらしになっている、という話をききつけたのは母だった。もったいないことだと思ったが、そのうち朝日新聞の地区版に、修復されたのでお披露目コンサートを開くという話が載っていた。

コンサートには間に合わなかったが見学に行ってみると、仕事部屋の洋館を改装して記念館にしており、ピアノはそこに置かれていた。

寄せ木細工の美しい楽器で、脚は八本あり、四本ずつユニットになっている。アメリカに進出したスタインウェイがハンブルクに部品を送って制作していた時期の珍しいピアノだという。さわってみるととても晴れやかな音がした。

二〇〇七年にコンサートで弾かせていただいたものの、年に一度の公開演奏ですら楽器に負担とのことで再修復が必要になり、杉並区に呼びかけて募金運動を展開した。折からのリーマンショックで必要金額には至らなかったが、杉並区の補てんで無事修復がすみ、二〇一〇年に再度お披露目コンサート。響きはより豊かになり、公園関係者にも「大田黒のピアノが元気になった」と、とても喜んでいただいた。

古い楽器好きの小島さんに聞かせると、是非録音したいと言ってくださった。こちらは、作曲家・ピアニストの高橋悠治さんとのコラボレーションで、大田黒が一九一五〜一七年ころ、自宅を開放して開いていたサロン・コンサートのプログラムを再現した。

私はソロでフォーレ『無言歌』やマクダウェル『野ばらに寄す』、ドビュッシー『小さな羊飼い』

とイギリスのドビュッシーといわれるシリル・スコットの『エジプトの舟歌』、スクリャービンの『二つの小品』など。高橋さんは、プロコフィエフが一九一八年に来日したとき帝国劇場で演奏した『束の間の幻影』、石井漠が大田黒のサロンで踊り、勢いあまってピアノにぶつかってしまったという山田耕筰の舞踏詩『若いパンとニンフ』。

最後に連弾でラヴェル『マ・メール・ロワ』。これは、大田黒邸を訪れたプロコフィエフが実際にこのピアノで弾き、『美女と野獣』では、獣のうなり声を「ウォー、ウォー」と口まねしたというエピソードが伝えられている。

記念館は夕方五時まで一般に公開しているので、録音はそれから。録音スタジオではないので、外の音がはいる。人の話声、車の音、鳥の啼き声、虫の音。何か雑音がきこえるたびに録音は中止して静かになるまで待つ。

そんなことのくり返しだったが、出来ばえは大変良かった。このＣＤは今も大田黒記念館で一部が流れ、訪れる方々の耳を楽しませているときく。

にしぶち

自宅近くの産業商工会館（通称産業会館）通りにもおもしろい店はたくさんある。

創作中華料理の店として人気のあった「希須林　小澤」も、もとはこの通りの中杉通り寄りに開店した「希須林」という中華料理屋だった。生徒が自宅にレッスンに来る前、よくここで「希須林飯」や「担々麵」を食べて腹ごしらえしたらしい。店はよく流行り、いつも店の前の椅子で待っている人がいた。チャーハンにレタスを炒めこむヘルシー指向も、当時としては新鮮だった。

その後、中杉通りの漢方薬局手前を右折した二階建ての店に移り、ランチ、ディナーとも人気を集めたが、二〇一五年に移転し、今はイタリアンの店がはいっている。

家の前の路地から左に曲がって三つめのブロックは、昔は「アライ薬局」という薬屋さんだったが、今はガラス張りのおしゃれな店が二軒並んでいる。角の「スパイル」は昼夜別メニューで展開するカフェで、シナモンやクローブなどをきかせたスパイスシフォンケーキがおいしい。ベリーを飾った生クリームが添えられている。店内は机と椅子が小学校の教室のようで居心地がよい。

その隣は「ガッターロ」というイタリアン。軒先に猫の人形が飾られているが、別に猫がいるわけではなく、「猫に餌をあげる人」という意味らしい。お勧めメニューにも猫マークがついている。

昼夜ごとに毎日メニューを変えるという凝りようで、食材がイマイチのときはランチはやめますという貼り紙が出たりする。

この付近はイタリアンのメッカで、産業会館前の「イタリアからの風　シェ・ナーベ（Sce Nabe）」という一軒家レストランもこぢんまりとしたよい店だった。仔羊の香草パン粉焼きやクレソンサラダは絶品だったが、残念ながら閉店し、今はパン屋さんがはいっている。

「トラットリアM's」は、生ウニのスパゲッティーやひな軍鶏を鉄板に挟んで焼くディアボラ風が美味しい。いつだったか、さる雑誌の女性編集者と二人でワインを三本あけ、近くに住む編集者はよろよろしながら帰っていったが、大丈夫だったのだろうか。

二〇一九年にアルテスパブリッシングから刊行した『音楽で生きていく！』のヒントをもらったのもこの店だった。震災の年、東北の印刷所が打撃を受けて新聞の紙面が減り、記者たちが暇だった一時期がある。

そのとき、読売新聞のクラシック担当記者が阿佐ヶ谷を訪れ、「M's」でランチしながらきいた話が衝撃的だった。今、若く優秀な音楽家たちがとても疲れている、と記者さんは話していた。クラシック界の未来が先行き不透明なので、稼げるうちに稼いでおきたいというわけで、やりたくない仕事まで引き受ける、その結果疲労感に悩まされているというのだ。

大きなコンクールで入賞すると、海外や日本でエージェントがつく。レコード会社からCD録音をオファーされることもある。事務所やレコード会社は、そのアーティストを売り出すためにさまざまな計画を立てる。大きなホール主催公演、音楽祭、テレビ番組などに売り込む、大物指揮者や先輩アーティストたちと共演させる、等々。ありがたいことではあるのだが、テーマもコンセプトも共演者も主催者やレコード会社や事務所主体で選択され、アーティスト自身のやりたい方向や音楽性と違っていても異議はさしはさめない。疲れてくるのも無理はない。

そこで、大手レコード会社や事務所に頼らず、独自の路線でオリジナルな活動を展開して成功している一〇人の若手音楽家にお話を伺う企画を思いついた。

そこには、自分自身に対する悔悟の念もまざっている。もとより注目されるアーティストではなく、大手事務所からもレコード会社からも声をかけられたことはないのだが、かといって自分ひとりで踏み出す勇気はなく、事務所選びはいつもうまくいかなかった。

産業会館通り中程の「ふぐ舗　にしぶち」には、所属事務所にまつわるいささかほろ苦い思い出がある。ここは一番街にある「磯料理　にしぶち」の支店で一九八九年創業。ということは、私が東京藝大で博士号をとり、ドビュッシーとその時代をテーマにシリーズ・コンサートを開始した年だ。当時はまだ数少ない「博士ピアニスト」のハシリだったが、「学問芸者はいらない」などと言われ、まったく売れなかった。

クラシックの演奏家は音楽事務所に所属し、事務所がとってくる仕事をこなしていると思ったら大違いだ。内外のコンクールでよい成績をおさめたり、大物評論家の推薦や作曲家の援護射撃があれば別だが、大抵はいわゆる委託マネジメントからはじめる。

フランス留学から帰国当初は、さる大手事務所のお世話になっていた。といっても、事務所から仕事を取ってもらうような立場ではなく、自分で企画したコンサートを自分で借りたホールで開催する。チラシ・プログラムも自腹で印刷し、新聞や雑誌の広告も自分の負担で出す、いわゆる自主公演で、事務所はその「お手伝い」と称してマネージャー協会で決めた額の委託手数料をとる。音楽会がどんなに赤字を出そうが、事務所は一銭もリスクを負わない。

あるとき、その事務所が公演の招待状の発送を忘れるという失態を演じた。招待状（当然、私の負担）は主要音楽評論家や新聞の文化部記者、ホール主催者、作曲家、指揮者、演奏家など楽壇の主要人物に発送（郵送費も私の負担）される。招待状が届かなければ新聞・雑誌に批評が載らないし、次の仕事につながるキーパースンも来場しない。

こんな扱いをされるのも事務所に所属していないからだと思い、知り合いを通じて受け入れ先を探したところ、「S」という事務所が名乗りをあげてくれた。古楽器系と二〇世紀音楽を軸におもしろい展開をしている事務所だったが、所属したからといって別に仕事の依頼が増えるわけではなく、相変わらず自主公演をつづけていた。

ひとつだけ違うのは、年に一度だけ社長との個別忘年会が開かれたことだ。一年の仕事を振り返り、新たな年のプランを練るというときこえはよいが、事務所を通じて依頼される仕事がない私にとっては、単なる飲み会でしかなかった。それでも、割り勘ではなかったし、自分の仕事に少しは興味を示してもらえるというだけでうれしかった。

その飲み会の会場が、産業会館通りの「ふぐ舗　にしぶち」だったのだ。社長の奢りで飲みながら、「ドビュッシーとその時代についてのシリーズを展開している青柳さんは、今、相当注目されているはずですよ」などと囁かれた。

その後、さる海外作曲家の招聘に失敗した「S」は多額の負債を抱えて倒産し、私は社長ともども「C」という事務所に身を寄せた。ちょうど『水の音楽』というテーマで本とCDを同時刊行したころでもあり、私としては——たぶん——一番の売りどきだったはずだ。しかし、「S」の元社長が何か不始末をしでかして、あえなくクビ。私も、「S」の元社員が勤務する別の事務所に移った。

つくづく事務所運が悪いと嘆いたものだが、『音楽で生きていく！』で若い方々のお話を伺ってから、自分に足りなかったものに思い当たるようになった。自分のアイディアで活動しているつもりだったけれど、どこかで事務所に頼っていたところがあったのではないだろうか。そもそも事務所に所属しようとしたことからして、他力本願というか、じっとしていれば何かが降ってくると思い込んでいたようなふしがある。

せっかくオリジナルなアイディアはあったのだから、「見せ方」を考えて「売り込む」、つまりマーケティングの面でも自助努力すべきだったと、今さら悟っても遅い。

長久寿司と栄寿司

前にも書いたが、同じ地所内に住んでいながら、父は祖父と仲が悪かった。というより絶縁状態だった。祖母が亡くなったころ青柳家に寄宿していた甥の山本仟一は、仮通夜の夜、喪の挨拶状を印刷させた父をなじった祖父が葉書を玄関にぶちまけ、怒った父がバタンと玄関を閉めて出ていく様子を回想している。

父は戻ってきたが、以降父親とは口をきかなくなった。大きな玄関は祖父のほうが使い、私たち一家は狭い勝手口から出入りしていた。道で会っても知らんぷりをしていた。

行きつけの寿司屋もわざわざ別にしていた。祖父のほうは川端通りにある栄寿司がひいきで、よく出前をとっていた。たまに私もお呼ばれしたが、桶をのぞくと、うにやイクラや子持ちコンブ、海苔で巻いたかずのこなどが並び、いかにも高級そうだった。

私たちは川端通りに出る手前の長久寿司に食べに行った。カウンターだけの店内では、白髪頭にハチマキを巻いた親方と、坊主頭に眼鏡の若い板さんが握っていた。

長久寿司はシャリの炊き方があまり上手ではなく、ときどき芯があったりやわらかすぎたりした。ネタも薄かったが、父は文句を言いつつも食べ、決して栄寿司には行こうとしなかった。

私が初めて栄寿司にはいったのは、祖父が亡くなり、父も亡くなり、ずっとたってからのことだ。大阪音大の嘱託教授として月に一回通うようになり、あるとき、同じく東京から教えに来ていらしていた先輩ピアニストの神野明さんと帰りが一緒になった。

神野さんは、私が所属する日本ピアノ教育連盟の研究部の部長をつとめていらした。委員会のあとは連盟の本部がある代々木の飲み屋さんに流れるのが常だったが、親分肌の神野さんは、我々がどんなに固辞しても全員に奢ってくださるのだった。

大阪からの帰りの新幹線でも、売りにくるワインの小瓶をあるだけ買い占め、愉快な酒宴がつづいた。

西武線の沿線にお宅がある神野さんは、私の住む阿佐ヶ谷からバスに乗るのが便利らしい。東京駅から中央線で阿佐ケ谷に出て、バス停の少し先に美味しいお寿司屋さんがあり、いつもそこでつまんでから帰ることにしているという。すでに新幹線のワインが相当まわっていたのだが、私は誘われるままそのお寿司屋さんにお供した。

店の前まで来て気がついたのだが、なんとそこが栄寿司だった。正確に言うなら元栄寿司で今は高円寺に本店がある幸寿司《こうずし》となっているが、とにかく同じ場所で、私は生まれて初めて幻の寿司屋ののれんをくぐったことになる。

店内は長久寿司よりはるかに広かった。長久寿司の三倍はあろうかというL字型のカウンターの後ろには襖で仕切ったお座敷もある。寿司ネタをつまみに日本酒を飲み、私はカウンターの向こうの親方に祖父の話をしたように思う。

ひとしきり歓談したあと、バス停まで神野さんをお送りした。

神野さんは藝大の学生時代、憧れの先輩だった。一九六九年、大学三年で日本音楽コンクールに優勝。すばらしいテクニシャンで、音も輝かしく、大ヴィルトゥオーゾだった。

神野さんは藝大ピアノ科に数少ない男子学生のまとめ役でもあった。これはあとで聞いた話だが、神野さんを中心に「ショパン・コンクールを受けに行く会」を結成し、課題曲を研究したり、お互いの演奏を聴き合って意見交換したりしていたという。

五年に一度開催されるショパン・コンクールも、一九六五年に中村紘子さんが第四位、七〇年に内田光子さんが第二位に入賞し、優勝者が待たれている時期だった。

男子学生たちの中でもっとも可能性があるのが神野さんだったが、渡欧資金を貯めるのに時間がかかり、結局エントリーに至らなかった。一九七五年、「ショパン・コンクールを受けに行く会」でただひとりワルシャワに行った同級生は、世界との絶望的な差を見せつけられて戻ってきた。

三級下の海老彰子さんが第五位に入賞するのは、次の回、つまり五年後のことである。

神野さんは苦学生だった。自宅にピアノはなく、小学校二年生から四年生までは学校の音楽室で練習していた。五年生になると練習量も増えるので、小さいころから面倒をみていた杉浦日出夫先生のご自宅で練習していたという。楽譜も買えなかったので、杉浦先生が買ってくださった。当時からテクニシャンだった神野さんは、練習曲をものすごいいきおいでマスターし、用ずみになった楽譜は先生のもとに戻った。

中学一年のときに、田村宏先生という、東京藝大の著名な先生のレッスンを受ける機会があり、神野さんがあまりによく弾けたので、先生は中学三年生で藝大の付属高校を受けると勘違いされたという。付属高校は受けなかったが、大学では田村先生に師事することになった。

しかし神野さんは、田村先生とあまりうまくいかなかった。三年生で日本音楽コンクールに優勝したあと、些細な言葉のやりとりが原因でレッスンに行くのをやめてしまう。田村先生は、若くして日本一になった神野さんがテングにならないようにいさめたつもりだったが、先生の言葉は神野さんを深く傷つけてしまった。卒業試験の前に一度だけレッスンに行ったが、試験ではわざと先生のご指導の正反対の解釈で弾いたという。それでも一番の成績で卒業だった。

そんな話をきいた私は、何となく祖父と父の確執を思い浮かべたものだ。

やっと資金を貯めた神野さんはハンガリーに留学、国立リスト音楽院で名伯楽パウル・カドシャに師事。帰国後はＮＨＫ交響楽団はじめ主要オーケストラと協演するなど大活躍だったが、何かの折りにお話したとき、「海外に行くのが少し遅かった」とつぶやいていらしたのを覚えている。ピアノ演奏は、スポーツに共通する面もある。年齢が若いほうがコンクールなどでは有利に働く。

神野さんが真のプロフェッショナルだと思ったのは、手帳を見せていただいた折りのことだ。レパートリーを増やすため、一週間に勉強すべき曲目を記して、その通りに実行しているという。いつどんな作品を演奏してくれと頼まれてもすぐに対応できるように、そんな心意気を感じた。

幸寿司に連れて行っていただいてからどのぐらい経ったろうか、二〇〇九年、神野明さんは胃がんのために六一歳の若さで亡くなった。後輩にはやさしい、面倒見のよい神野さんだったが、勤め先の大学では上司と折り合いがつかず、ストレスを溜めていたということを風の便りにきいたこともある。

川端通りを歩き、「幸寿司」の前を通るたびに神野さんのことを思い出す。

酒菜や まつと神田三原堂

亡父は東京工業大学につとめていた。化学系の学生さんは実験室での共同作業が多いため、教授とのむすびつきが強い。我が家でもよく学生さんを招いての宴会が開かれたし、大学の研究室でのコンパにも呼ばれていった。

そんなわけで、父が亡くなってもときおり昔の学生さんが訪ねてくださる。元学生さんと言っても、今は大学の学長さんだったり会社の社長さんだったり、とんでもなく偉くなっているのだが。

あるとき、そんな元学生さんたちがいらしてくださり、ひとしきり思い出話に花を咲かせたあと、阿佐ヶ谷の町に飲みに出た。一番街の「酒菜や まつ」というのは、お酒よし、肴よしで評判の店だが、入ったのは二回目ぐらい。コの字型の座席で楽しく歓談しているうちに、となりの席に何やら楽器のケースを抱えた男性が座った。

「ヴァイオリンですか?」と尋ねると「バロック・ヴァイオリンです」とのこと。

それは珍しい。しばらくお話するうちに、スタジオ・ジブリの「耳をすませば」などの映画音楽を担当し、神戸ルミナリエの音楽も手がけた作曲家の野見祐二さんであることが判明した。

そのうちにかわいらしい奥さまもいらして一緒に飲みはじめた。「酒菜や まつ」の常連さんらしい。奥さまの朗子さんは武蔵野音楽大学の声楽科を卒業後、神田の老舗の和菓子屋さんを継いだ若おかみで、阿佐ヶ谷界隈のご自宅から毎日店に出勤なさっているらしい。

思いがけない音楽つながりで大いに盛り上がり、代官山で催したコンサートにはご夫妻でいらしていただき、打ち上げにも参加してくださったり、私の演奏活動四〇周年記念企画公演も聴いていただいたりと、短い間にぐんぐん親しくなった。

二月末のある日の夕方、奥さまが経営するお菓子屋さん「神田三原堂」を見学に行った。日本橋人形町の三原堂本店から暖簾わけされたお店。神田駅東口を出てすぐのところにある。大正一一年創業というから、ちょうど高円寺、阿佐ヶ谷に駅ができた年だ。

お邪魔したのは閉店三〇分前。間際になってもお客さまがちらほらはいってくる。ちょうど雛祭りの時期で、お雛さまクッキーやお内裏さまの下の引き出しに干菓子を詰めた「八景しだれ雛」、変わり飴を詰めた「ありあけ雛」などが華やかにディスプレイされている。

バレンタインデーは終わってしまったが、ホワイトデーまで有効というハート型の最中もカラフル。粒あんは金色、苺のツブツブまで練り込んだ苺みるくはピンク色、塩チョコは純白。籠には「和菓子でバレンタイン」というポップも立っている。

「三原堂」オリジナルという塩せんはコンサートのあとでプレゼントしていただいた。「伯方の天然塩とドイツのクリスタル岩塩を効かせて香ばしく焼き上げた人気の薄焼き煎餅」とのこと。軽い食感の中にお米のつぶつぶ感が際立っている。

桜寿最中は神田店オリジナル。平成二一年、創業八八周年の「米寿」記念で制作した商品だという。白あんと粒あんをミックスした中に、桜の葉の塩漬けを練り込み、香ばしい最中ダネで包んでいる。

奥さまが店番をしているケースの赤いお盆の上には、日持ちのしない餅菓子が乗っている。売り切れ商品が並ぶ中で苺大福が残っていたので購入。羽二重のような大福の真ん中を凹ませた上に大きな香りのよい苺がでんと乗っている。大福の中身は苺のためにブレンドした特製餡。お店一番の人気商品でいつもは売り切れるのだが、ちょうど新型コロナウイルスの影響で安倍首相が向こう二週間イベント自粛という声明を発表したばかりで、お客さんが格段に減ったという。その日のうちに食べないと固くなってしまい、余った分は廃棄するしかないというので胸が痛む。

お店の裏の壁には、それぞれの商品の日持ち日数をメモした紙が貼られていた。購入したお客さまにはいついつまでにお召し上がりくださいと丁寧に説明している。

お菓子づくりの工房は二階にあり、お祖父さまの代からの職人さんは引退して、今は三〇代の女性がつくっているという。ハート型のクッキーやお花の形のチョコレートなど、女性客の目をひきそうな商品も職人さんと奥さまのアイディアだろうか。

お店を閉めたあと、ご夫妻と阿佐ヶ谷に戻り、「酒菜やまつ」に行った。平日なので中央線の快速電車も止まるのだが、一日中立って働いているので総武線の各駅停車で座っていくならわしとのこと。なるほどと思った。

「酒菜やまつ」は、各地の地酒が美味しい。花陽浴（埼玉）、町田酒造（群馬）、ロ万（福島）などを一合ずつとり、シェアする。お刺身盛り合わせは、天然ブリ、シメサバ、生本鮪ブツ、カツオの塩タタキ。サバの心臓はオリーブ醬油に漬けてある。ラム肉塩焼き、砂肝山椒揚げ、里芋衣かつぎ、肉味噌タンタン豆腐、納豆サラダ。なじみのご夫妻が次々にお勧めメニューを注文してくださり、お酒がすすむ。

お菓子屋さんと作曲家という珍しい取り合わせのご夫婦だが、協力して生計を営んでいらっしゃる様子が伝わってくる。お店は神田だから、生活空間ではない。会社につとめる方が買ってくださることが大半なので、経済の動向が売れ行きを左右する。旦那さまもフリーのミュージシャンなので、仕事がいつはいるか計算できない。

今はどこも同じだと思うのだが、ぎりぎりまで人員を減らしているので、旦那さまもお店の手伝いに出る。急ぎの作曲の依頼がはいったときは、まさか店番をしている間に書けないので、早朝や深夜の仕事になる。ベルリオーズのように頭の中だけで交響曲を組み立てるタイプでないので、楽器にさわっていないと音楽が浮かんでこないのだという。

イメージトレーニングは私も苦手だ。演奏家の中には、新幹線の中で楽譜を読んでそのままコンサートで弾いてしまう方もいるようだが、私はあくまでもピアノがないと譜読みができない質で、時間がかかる。

文章のほうは、いつなんどき、どんなところにいても浮かんでくるけれど。

好味屋《こうみや》

新型コロナウイルス感染の第一次ピークのころ、区内の知り合いから「拡散希望！　好味屋を助けてください！」というＳＮＳがまわってきた。

善福寺川公園そばの、杉並高校や豊多摩高校の購買部にはいっているパン屋さんで、休校のために売り上げが落ち込み、このままでは廃業に追い込まれる、「休校・春休みの間もパンを買いに来てください！」という内容だった。

久しぶりにきいた「好味屋」という店名がなつかしかった。自宅からは少し遠いので、家族に自転車で買いに行ってもらったところ、すでに新聞やテレビで報道されたために客がおしかけ、店内の商品のほとんどは完売だったという。

家人が買ってきたパンは、しかし、プルーストのマドレーヌのような効果はもたらさなかった。ネットで調べると、「好味屋」は北口商店街を抜けたところ、「カナモノのワタナベ」の前、ラーメン屋さんの角地にあったと書かれている。私がかすかに覚えている「好味屋」は、阿佐ケ谷南口の線路沿いの角地にあったように思うのだが…。その他、高架下の旧ダイヤ街に出店していたり、早稲田通り沿いの北五丁目や六丁目にもあったようなのだが、事情通によれば、善福寺川公園そばと荻窪のタウンセブンの「ニュー好味屋」ともども、当時の従業員の方のお店らしい。

ともかく「好味屋」が強烈に印象に残っているのは、私が子供のころ、ここのプリンをあるピアノの先生が持ってきてくださったからだ。

それも、ネットでみなさんが語っているような「インディアンプリン」ではなく、プラスチックの丸いケースにはいった普通のカスタード・プリンだった。富士山を低くしたような形で、てっぺんには茶色のキャラメルソースがかかっている。それが、大箱いっぱい、たぶん二〇個ぐらい並んでいたので完全にノックアウトされてしまった。

ウチは両親と私の三人家族である。祖父とは仲が悪かったし、当時は地つづきの叔母夫婦の家とも緊張感に満ちた関係だった。だからおすそわけするなど考えられなかったのに、あの大量のプリンはいったいどこに行ったのだろう。

そのピアノの先生は、権藤譲子さんといって父の大学時代の同級生のお嫁さんだった。その同級生が私たち一家のことを話すとき、娘は「じょんこ」と言うあだ名だと説明したら、そのお嫁さん、「信じられない！」と叫んだという。

私は、生まれたとき色が黒くてぬるぬるしていたので、「まるでどじょうみたい」と思った両親が「どじょんこ」と呼んでいたのが次第に「ど」がとれて「じょんこ」になったらしい。子供のころから家でも小中学校でも高校大学でも「じょんこ」で通っていたし、留学先でも「いづみこ」とは言いにくいので「ジョンコ」と呼ばれていた。

父の同級生のお嫁さんのほうは「じょうこ」という名前なのでなまって「じょんこ」になったらしい。

そんなわけで会う前からとても親しみを感じてしまった。

「じょうこ」さんと親しくなったのは小学校に上がる前ぐらいだった。そのころ、桐朋の音楽教室にはいって、祖父と親しかった音楽評論家の野村光一先生の紹介で安川加壽子先生に師事することになり、音楽教室では門下生で近くにお住まいの先生に見ていただくことになっていた。「じょうこ」さんも桐朋の先生をしていたので、もう少し早くわかっていたらそちらについていたのに、とちょっと残念だった。

というのは、「じょうこ」さんがとてもやさしく、とても声がきれいで、とてもよい先生だったからだ。髪の長い「じょうこ」さんはふくよかで、肌の色は真っ白で、頬はばら色でちょっとルノワールの描く少女に似ていた。

両親と「じょうこ」さんのお宅に遊びに行くこともあった。大人たちが話している間、私は家中を探検してまわった。練馬の農家を買い取ったとのことで、広い庭によじ登るのに好都合な木がたくさんそびえていた。二階は屋根裏部屋のように天井が三角で、本がたくさん並んでいる。りんごをかじりながら本を読み、『赤毛のアン』の気分を味わった。

「じょうこ」さんの紹介で、ＮＨＫの「ピアノのおけいこ」に生徒として出演したこともある。

「じょうこ」さんの師匠の水谷達夫さんが講師をつとめていたが、藝大の偉い先生なので子供の生徒がいない。「じょうこ」さんのお弟子さんを中心にあちこちつてをたどって駆り出したらしい。

ちなみに、ネットの記録を見ると、水谷先生が講師をつとめたのは一九六六年前期となっているが、当時私はすでに藝大付属高校に通っていたから出演するはずはない。

一九六二年四月に番組が放送開始したとき、まず永井進先生がバイエルを指導し、次に水谷先生がブルグミューラーとチェルニー三〇番を指導されたらしいので、そのときだろう。当時は「バイオリンのおけいこ」と三ヶ月交代で放送したとある。

助手と司会はお嬢さんの百合子さん。達夫先生も百合子さんもやさしくて、テレビといっても全くドキドキしなかった。もっとも、六二年というと私はすでに小学校六年生で、ブルグミューラーやチェルニー三〇番はとっくに卒業していたから、課題が簡単だったからかもしれない。

テレビ番組だから出演料が発生するはずだが、まだ子供だったので番組の終わりに食事会を催し、記念にアルバムをいただいた。

それぞれのアルバムに受講生全員でサインしたのだが、今そのページを見ると、ジャズ・ピアニストの大口純一郎さんのお名前がみえる。幼いころはロンドンでクラシックに親しみ、小学生のころは百合子さんにピアノを習っていたらしい。

私は番組のことを何もおぼえていないので、ためしに伺ってみると、次のような回想が届いた。

「教材はツェルニー三〇番とブルグミラーで、素弾き、レッスンをうける、仕上げの三つの役柄を生徒たちの持ち回りで振り当てていく。そのように三〇分の番組が構成されていた記憶があります。クリスマスとか、最後の卒業演奏会の時は普段とは違う曲を弾いて達夫さんにレッスンしてもらう。ヴァイオリンの江藤俊哉さんがゲストで登場したりとか。番組のテーマ曲はツェルニー三〇番の五番と七番を同時に弾くものだった」

江藤先生は「バイオリンのおけいこ」の先生だったのだろうか。私にはクリスマスの記憶はないから、三ヶ月間ずっと出演していたのではないのかもしれない。

チェルニーの五番と七番の話はおもしろい。練習したことがある方は思い当たるだろうが、この二曲は小節数もハーモニーもまったく同じで、重ねて弾いても何ら違和感はなかった。ちなみに、ショパンの『黒鍵の練習曲』と『蝶々の練習曲』も同じ。

こんなおちゃめなことを思いつくのだから、当時の「ピアノのおけいこ」は楽しい番組だったにちがいない。

阿佐ヶ谷には印象的なカフェがたくさんある。

よく打ち合わせで使うのは、南口ロータリー二階の「ウィング」。「書楽」という本屋さんの隣なので見つけやすい。ひろびろした店内の中央には楕円テーブルがあり、編集者とゲラのつき合わせをするのに最適。

ここはフレバリー・ティがおいしい。フルーツ・ガーデン、スペシャルライム・アールグレイ、ローズ、マサラチャイ。大きなポットで出てくるので、三杯ぐらいおかわりできる。夏はアイスグリーン・ティ。お茶がおいしいと教えてあげるのに、編集者たちは判で押したようにブレンドを注文する。

「ウィング」の並びあたり、お米屋さんの二階には、「茶居花」という、やはり細長いカフェがあった。チャイは紅茶、ハナは家で喫茶店ということらしい。

以前に打ち合わせで使ったのは、やはり南口ロータリーの「アコヒーダ」。広場に面して大きく窓を取った昔ながらの喫茶店である。私のお気に入りはモーニングに出てくるハムと野菜、二種類のホットサンド。先に中身を食べてしまい、最後にかりかりに焼けた端っこを食べるのが楽しみだった。

ついで、駅ビル「ゴールド街」の二階にはいっていた「可否茶館」。店内にコーヒーの六一種類の表記を表にしたものが貼ってあり、「可否」は六一番目。看板に「創業明治二十一年」と添えられていた。創業したのは上野黒門町で、阿佐ヶ谷に復活させたのは創業者のお孫さん。その後店をひきついだのは、共同経営者の息子さん。二〇一一年、駅ビルの取り壊し計画とともに閉店した。そのことを報じた朝日新聞むさしの版によれば、「建て替え後の新しい商業施設への入居を希望しているが、賃貸料がいまの数倍に上がる見通しなど、条件は厳しい」とのこと。

「ゴールド街」には行きつけの「クロンボ」（とにかく安い洋食屋）や「江戸竹」（とにかく安い天ぷら屋）もあったので、新しくできた「ビーンズ」の方はなるべく見ないようにしている。

北口新進会商店街の「ひねもすのたり」にもよく行く。朝日新聞の書評委員時代にご一緒した経済学者の松原隆一郎さんの奥さまの店。「器とcafe」とあるように、店内の真っ白な棚には陶磁器の作家さんたちの作品が展示されていて、即売もしている。東頂烏龍茶を注文すると、かわいいポットで出てくる。ランチタイムの「おそうざいセット」やオムライスの上にカレーがかかった「オムカレー」も最高。

真ん中には大きなテーブルがあるが、私は窓際の角っこの席が好み。背もたれのゆったりした木の椅子が三脚。静かな時間が流れていて、ゆっくりしゃべりたいときにお邪魔する。

やはり新進会の「Gion」は不思議な店だ。店の前に鉢植えの木が生い茂っていて、ちょっとした森のよう。ドアを開けるとアールヌーヴォー風のスタンドが目にはいる。照明はネオンカラーで窓はステンドグラス。ピンク色の壁に唐草模様のソファ。座席の一部はブランコになっていて、公園みたい。メニューには新聞や雑誌、薬まで載っている。

よく注文するのはハイビスカスティー。コーヒーなら生クリームのせ。ワッフルもおいしい。バター、イチゴジャム、小倉、生クリームがついている。お腹がすいていたら名物のナポリタン（タマゴサラダ＋レタスサラダつき）を頼む。

このナポリタンを食べながら、さるライヴハウスのオーナーと打ち合わせしたことがある。そのライヴハウスでは定期的に若いピアニストのコンサートを催しており、私に誰か紹介してほしいというのであった。ロケーションはよく、魅力的な古いピアノもはいっているが、もともとキャパの少ないライヴハウスで採算をとるのは大変なことである。三〇〇〇円のチケットが三〇枚ノルマで、半分はキャッシュバックするので四五〇〇〇円。

コンサートのライヴ録音もおこない、ハイレゾ配信をしたいということだった。もちろん無料ではなく、出演者に一枚二〇〇〇円のミュージックカードを五〇枚ぶん、七割負担で買ってもらう。配信のメリットは、自分の演奏をCDではない形で他の人に渡したり、聴いてもらえること。デメリットは編集ができないので一発勝負になること。

チケットとミュージックカードのノルマが合計一一万五千円。全部売らないと持ち出しになる。チケット三〇枚はまだしも、ミュージックカード五〇枚を売るのは大変だ。若い人はお金がないからおそらくむずかしいだろうと断った。

「Gion」では、編集者と口論になったおぼえもある。現在は中公文庫にはいっている『ドビュッシー　想念のエクトプラズム』の親本は一九九七年刊行だが、版元の東京書籍は教科書の会社だ。事前に相談なしに、ゲラにコマ切れの小見出しをつけてきた。内容がかなり難しいので、なるべくわかりやすくという思いだったのだろうが、私は激怒した。どうしても必要なら、自分の言葉で内容を象徴するようなものをつけたい。当惑した編集者は、「考えるのに二日かかったんですよ」と言っていたが、そういう問題ではない。

ドビュッシーの評伝の刊行じたいにも紆余曲折あった。東京藝術大学で受理された博士論文を一般向けの書物にすることはずっと考えていたが、当時はサティ、マーラーがブームでなかなか実現しなかった。

音楽之友社から声をかけられたが、編集者と話しているうちに話がかみ合わなくなった。私は常々三〇〇ページの本を書きたいと思っていたが、編集者が提案する「三〇〇枚」は四〇〇字詰め原稿用紙に換算した枚数だった。それだと二〇〇ページにしかならない。

次に話をしたのが東京書籍だった。こちらは、音楽評論家の礒山雅先生の紹介。専門はバッハやモーツァルトだが、好奇心旺盛な先生は、私が研究するドビュッシー未完のオペラ『アッシャー家の崩壊』にとても興味をもってくださった。

東京書籍の編集会議には三段階あり、まず編集部の会議、ついで営業の会議。そこまでは通過しても、最後の社長決裁でくつがえることもあるなど、国際コンクールなみにハードルが高かったが、何とか通していただいた。

「Gion」で私に叱られた編集者はとても優秀で、小見出し以外は問題なく、ちゃんと三〇〇ページの本を書かせてくれた。さすがに教科書の出版社で、一〇〇点にのぼる図版が入ったのもよかった。

仲立ち役の礒山先生はずっと応援してくださっていたのだが、東京に大雪が降った二〇一八年冬、雪道でころんで頭を強打し、意識が戻らぬまま帰らぬ人になった。前年秋に高橋悠治さんとの連弾でリリースしたストラヴィンスキー『春の祭典・ペトルーシュカ』のアルバムをとても気に入り、「昨日も今日も聴きました、オーケストラを忘れてしまいます」とメールをくださったのが最後になった。

レッスンの友社

今はなきピアノ専門誌『レッスンの友』の版元は、そのものズバリ「レッスンの友社」といい、青梅街道沿いの天沼三丁目にあった。雑誌でインタビューがはいると、編集長の横谷貴一さんが直々に出むいてくださるが、会社の場所が中途半端だ。阿佐ケ谷駅前の喫茶店でおこなうときは、荻窪からひと駅電車に乗る。私の家で話をきくときは、天沼陸橋を下り、青梅街道を新宿方面に歩き、東京ガスの角を左折し…と徒歩でやってくる。

二〇〇九年に春秋社から刊行された『指先から感じるドビュッシー』も、『レッスンの友』への連載「ドビュッシーをおしゃれに弾くために」がベースになっている。

当時はまだまだ「印象主義音楽」のイメージが強く、モネの絵を引きあいに出されることの多かったドビュッシーの定義をくつがえすべく、巻頭には「ドビュッシーが好きだった名画」というカラーページを置いた。モネではなくモロー、ボッティチェリ、ロセッティはじめイギリスのラファエル前派の画家たちの作品、オディロン・ルドンの気味の悪い版画、二台ピアノ曲『白と黒で』のイメージ源になったゴヤの銅版画集『カプリチョス』。葛飾北斎の『富嶽百景』ではなくて『漫画』のほう。モネのように見えるけれど精神はまったく異なっているターナーの風景画など。

作品の文化的背景を知っていただくために、巻末には「タイトルの意味を間違えなくとらえよう」という項目を設けた。「アラベスク」にはアラブ風のという意味があり、人間や動物を使えないため唐草模様が発達したイスラムの装飾様式がからんでくる。「映像」というタイトルも、いかにも絵画を連想させるが、ドビュッシーの創作の原点である一九世紀末のデカダン文化が反映されている。『ベルガマスク組曲』の「ベルガモ」や「月の光」など各曲のタイトルは、一八世紀の宮廷で栄えたイタリア喜劇と、ワットーやフラゴナールが描く雅宴画からきたものだ。そして、『前奏曲集第二巻』には、当時作曲中のポーにもとづくオペラ『アッシャー家の崩壊』のモティーフが見え隠れしている、等々。

たっぷりイメージを与えたあとは、具体的な奏法の解説。そのころ指導していた小学生の生徒さんたちの手を撮影し、レガート、スタッカート、和音、重音、声部の弾きわけなどについてかみくだいて説明している。さらに、主要曲の楽譜を掲載し、注意を書き込む形での紙上レッスンも。

こうした至れりつくせりの構成は、雑誌の連載時の体裁を踏襲したものだ。アイディアを出してくださったのは、当時編集部にいらした荒井秀子さん。

「ドビュッシーをおしゃれに弾くために」は『レッスンの友』一九九五年一二月号から連載を開始し、九七年三月号までつづいた。

一九九六年一二月一八日、年末進行のために連載があと一回となったころ、打ち上げを兼ねて荒井さんを含む編集部の方々と阿佐ケ谷の町に飲みに行った。

最初は一番街の小料理屋「うぶや」。現在は「バルト」の隣にあり、一見さんお断りで紹介制の店とのことだが、当時は一番街をはいってしばらくすすんだ左手にあり、女将さんと女性の店員が切り盛りしていたという。ときどき、女将さんのお母さんも手伝いに出ていた。編集長の横谷さんがこの母娘と親しかったため忘年会の会場に選ばれた。横谷さんの記憶によれば、細長い店で、カウンターの奥に小上がりの座敷があり、我々はそこに陣取ったらしい。

二軒目は編集部の高瀬研二さんの行きつけのバーで、駅の手前の路地を荻窪方面に歩き、ガード近くのビルの中二階だったように思う。マダムは高瀬さんの知り合いらしく、酔うにつれて武勇談が次々にくり出されたが、内容は忘れてしまった。

二次会までで解散の予定だったが、高瀬さんは「一期一会だ。こんなことはもう二度とないかもしれない」と三軒目を主張（その判断は正しかったといえるだろう）。荒井さんは先に帰り、ガードをくぐって線路沿いに新宿方面にすすんだ辺りの小さな店で、狭いカウンターに三人並んで呑んだ。店を出たときはもう明け方になっていた。

『レッスンの友』は、一九六三年に創刊されたピアノ・レッスン誌の草分けだ。一九七〇年創刊の『ムジカノーヴァ』、一九八四年創刊の『ショパン』に較べて地味な存在だったが、大きく発展したのは一九八九年四月に荒井秀子さんが参加してから。

荒井さんはやり手の編集者だった。二〇世紀音楽を中心に活動するピアニスト、廻由美子さんの「めぐりんのちょっとひと息」、これまで紹介されることの少なかった分野を開拓した米田ゆりさんの「バレエ・ピアニスト入門」をはじめ、数々の名連載を仕掛ける。

毎回違う音楽家が短い曲を五曲ずつ選び、それにまつわる思い出を記す「厳選! 五分以内の曲」も、五〇回にわたって連載された。特集でも、「はじめてのバルトーク」「エキサイティング・バッハ」「はじめてサティを弾く・教える」「みんなが悩む椅子の高さ」「呼吸とピアノ演奏」など、当時としては非常に斬新な切り口が話題を呼んだ。

「レッスンの友社」は、ピアノ雑誌の他に弦楽専門誌『ストリング』を刊行、各種楽譜も出版し、ピーク時には年商三億円を売り上げたものの、二〇一二年一一月九日に倒産、『レッスンの友』一二月号発売を前に事業停止を発表した。

横谷編集長の私信によれば、以前から経営状態はあまり良くなかったが、リーマンショック以来の広告の激減、二〇一一年三月一一日に発生した東日本大震災による楽譜・書籍などの売り上げ落ち込みにより、一年間毎月赤字を出していたという。

一二月号を出さないことは、印刷所には伝えられていたが、編集部は知らされていなかった。刷らなければならない日になっても校正が上がってこないので印刷所に問い合わせたところ、製版所が忙しくてまだ出せないとはぐらかされたという。ぎりぎりまで編集に当たっていた社員に倒産が告げられたときは本当にびっくりしたらしい。弁護士が手続きのために来社するまでは外部に漏らすことを禁じられたため、執筆者やお世話になった方々に挨拶もできず、ただちに私物をまとめて会社を出なければならなかった。

リーマンショックや大震災の影響は確かに大きかったろうが、私はひそかに、荒井さんが編集部をはずれたことも影響したのではないかと思っている。一九九九年秋、荒井さんは横谷さんのお嫁さんになり、社内結婚禁止を打ち出しているオーナーから退社を命じられたという。連載はみんな、子供のようにかわいい、と荒井さんは言っていた。私も「ドビュッシーをおしゃれに弾くために」につづく連載を打ち切られ、とても哀しかった。

会社の決まりなのだから仕方ないのかもしれないが、現実に評判を呼び、部数ものばしていたのにもったいないことだ。

荒井さんが退社されてからちょうど一〇年目に『指先から感じるドビュッシー』が刊行され、単行本としては唯一、荒井さんの仕事の結実として残されている。

あんだん亭と水牛楽団

南口のガード下にある「家庭料理とお酒　あんだん亭」は、阿佐ヶ谷のレコード会社コジマ録音の小島さんに連れて行ってもらった。何かのコンサートでご一緒し、帰りに飲みましょうという話になったとき、小島さんが「ご案内したい店がある」とおっしゃった。

のれんをあけると、がっしりしたL字型のカウンターが奥にのび、後ろに小さなお座敷もある。女将さんのいつ子さんは憂い顔の美人で、少し下がり気味の大きな眼が印象的。高橋悠治さんが率いていた「水牛楽団」というバンドのキーボード担当だったという。

その後本を書くことになる高橋悠治さんとお会いする前のことで、所在なくカウンター前の本棚を漁っていたら、矢川澄子『ありうべきアリス』というCDが見つかった。

詩人・童話作家の矢川さんのことなら、フランス文学者の出口裕弘さんにきいて知っている。澁澤龍彥の最初の夫人で、詩人、左翼活動家の谷川雁に誘われて一九八〇年から黒姫高原に住んだこと。たびたび自死を口にしていたが、二〇〇二年に首吊り自殺を決行。縄が弱くてすぐに死ねず、壮絶な苦しみの果てに亡くなったこと（谷川雁の没年と同じ七一歳だった）。原マスミさんの音楽のカセットテープがリピートしていたこと。決行する前に親しかった人たちに宛てた遺書を書いていたこと。
『ありうべきアリス』は矢川さんの自作朗読集で、二〇〇二年三月二〇日に録音されている。と
ころで矢川さんが亡くなっているのを発見されたのは同年五月二九日だから、本当に直前なのだ。
二ヶ月後の七月二七日、「水牛楽団」のレーベルからリリースされた。
高橋悠治さんの『きっかけの音楽』には、そのことが書かれている。
「最後に会ったとき　朗読の録音の帰り
桜のない花見　公園の闇
（これからわたしがしようとすることを
（だれも止めることはできないでしょう
形見分けにたよりを添えて
いま夜の十時半
呑めない酒にではなく　空けた杯に酔い
エンドレスにまわる　あの歌声にではなく
大音響のなかの輝く沈黙に　心もつぶれ（後略）」
「あんだん亭」のいつ子さんは水牛楽団のボーカル、福山敦夫さんの奥さんで、一九八〇年一〇月から鍵盤楽器担当で楽団に加わっている。いつ子さんは国立音大のピアノ科出身だったが、悠治さんの奥さんの美恵さんは編集者なのにタイコで参加している。

いつ子さんは息子さんを育てたあと離婚して、店を開いてもう二二年になるという。

次に「あんだん亭」に行ったのは、高橋悠治さんに呼び出されたときだ。廻由美子さんが主催する「新しい耳音楽祭」で連弾での共演を提案していただいた。まったく接点がなかったのでびっくりしたけれど、おもしろそうだなと思った。以降、ときどきご一緒し、「あんだん亭」にもときどきお邪魔している。

お店はいつ行っても地元の人たちで賑わっている。日本酒は福島の奈良萬や石川の天狗舞、青森の田酒、新潟の〆張鶴。片口に注ぎ、お猪口は自分で選ぶ。お通しが三点出てくるのもうれしい。いつも注文するツマミ、ギョーザのしらすピッツァ。タバスコをかけていただく。あとはオムレツ。運がよければキャベツたくさんの巨大コロッケもある。具をホワイトソースでまとめ、シソの香りがアクセント。冬はおでんがおいしい。

つくるのも給仕するのもいつ子さんだけなので、間に合わないとお客さんが手伝う。

お客さんと話がはずんでしまうこともある。あるとき、カウンターの一番端に座っていた男性が声をかけてきた。もしかして、クラシックの方ですか？　ときかれたので、そうですと答えると、「ボクはねぇ、絶対音感がないのがコンプレックスで」とおっしゃる。最相葉月さんの『絶対音感』という本は大ヒットしたが、書き手の意に反して「絶対音感は絶対である」というふうに受け取られたらしい。最相さんは「絶対音感は絶対なのか？」と問いかけたつもりだったのに。

そのことをお話すると、その方は「ずっと音楽はダメだと思ってきたんですが、ひょんなことで始めたホーミーが得意で、ハマってしまって」とのこと。
ホーミーというのはモンゴルの特殊唱法で、もともとは遊牧民が羊を呼ぶために使っていた発声。喉を詰めることによって出る声を舌や唇の調節で変化させ、一人で低音と高音を同時に出すことができる。

そんな超絶技巧を習得したことですっかりクラシック・コンプレックスがなくなったというお話はおもしろかった。実は、『音楽で生きていく!』でお話を伺った三絃奏者の本條秀慈郎さんも、クラシックを習っていたころは三連音符が苦手でどうしてもはいらず、自分にはリズム感がないと思い込んでいたという。しかし、三味線の余韻、間の感覚、謡や他の楽器との掛け合いには、むしろクラシック的な拍感は邪魔になる。

あるジャンルの常識は必ずしも別のジャンルにはあてはまらないのだ。

二〇世紀音楽の演奏至難な作品を弾きこなす例外的なヴィルトゥオーゾだった高橋悠治さんが、一時的にピアノを捨て、わざわざ弾いたことのない大正琴を持ち、音楽の素養もない人たちと変てこな編成のバンドを組んだとき、世間はびっくりしたが、それとて技術偏重、西欧至上主義に陥っているクラシック界への実践をともなうアンチテーゼだった。そのため、水牛楽団ではつとめて、大正琴やハルモニウム、ケーナのように制約の多い楽器を使った。

「名人芸は観客との間に距離をつくる」と高橋さんは書いている。

「オーストラリアのディジェリドゥや、アイヌのムックリのように、この上なくかんたんな楽器が、白鳥がわたる声、波うちぎわへおりるカモの足どり、風に吹かれる木の声をつたえることができる。ロマン派のピアノ曲は、たくさんの音を浪費して、個人の私的な感情を伝えるだけだ。1本指でひくピアノの、ふぞろいなメロディーのなかから、はるかにたくさんのものの声をききとれるだろう」(『水牛ノート』)

国立音大でクラシックを学んだいつ子さんも、はじめのころは「何これ?」と思うことが多かったという。でも、そのうちに「大事なこと」がわかるようになった。

ずっと藝大系で学んできた私も、高橋悠治さんとの連弾でびっくりさせられることは多い。たとえばアンサンブルは「合わないほうがよい」とか、音の粒は「そろわないほうがよい」とか、ビートには「はまらないほうがよい」とか、常識を覆す発言の数々。

そのたびに衝突し、プンプン怒って「あんだん亭」にやってくると、いつ子さんはニヤニヤ笑いながら、ときに吹き出しながら私の話につきあってくれる。

VI ディープな飲み屋街

ラピュタ阿佐ケ谷

一番街

一番街

阿佐ケ谷駅南口の線路沿い高円寺寄りには、昔の闇市の名残だという「一番街」が広がっている。北口の荻窪寄りはスターロード。どちらもディープな区域だ。

よく行くのは、一番街の「バルト」。マスターの森谷さんは、阿佐ヶ谷文士の行きつけだった中華料理屋「ピノチオ」の創設者永井二郎の姪御さんが経営するアパートに二〇年近く住んでいたという。

ライヴハウスでもある店内には大きなヨットの帆の形をしたテーブルがあり、とても話しやすい。若手音楽家へのインタビュー集『音楽で生きていく！』（アルテスパブリッシング）をつくったときは、「バルト」を貸し切り、地元出身のフルート奏者、上野星矢さんに来ていただいてお話を伺った。

ここはベルギー・ビールが売り物。私が「いつもの」と注文するのは、モール・スビト。「即死」という意味で、適度な酸味があって刺激的だ。シメイビールは聖杯型のグラスについでくれる。アルコール度数が高く、「ちびちび飲む」のが基本らしい。

北口商店街入り口に、たこ焼きをつまみにベルギービールを飲ませる変な店もあったが、すぐになくなってしまった。

「バルト」にはじめて行ったのは、「ガイブン友の会」の二次会か三次会だった。白水社、早川書房、国書刊行会など海外文学を扱う版元の編集者や翻訳家が集って、神保町の書店などで注目本を紹介しあう集まり。音頭取りは書評家の豊崎由美さんで、彼女のもとで書評の書き方を勉強する若いライターさんたちもやってくる。打ち上げは会場近くの呑み屋でとりおこなうが、それだけですむことはほとんどない。阿佐ヶ谷在住の編集者が、「燻製が美味しい店があります」と主張したので、タクシーで乗りつけた記憶がある。

それまでは、飲むにしても家の近くの川端通りですませることが多かったが、このときを機に一番街に足を踏み入れることになる。

昭和四〇年代ぐらいの一番街は女性が一人で歩いてはいけない通りとされていて、店の前で客引きをしていたり、ヌードスタジオがあったり。刃傷ざたも週に一度は起きたというが、今はそんな危険な匂いはしない。

同じく地元の編集者の推薦で、今は門前仲町に移転したというイタリアン『ラ・グロッタ』にもよく行った。寡黙なオーナーが一人で料理もつくり、配膳もするのでサービスは遅かったが、藁で包んだ仔羊のローストはおいしかったし、コースでパスタを二種類とれるのもおトク感があった。

一番街どんづまりの「アンタルカフェ」も今はない。ガーナ料理の店で、店先には「パームチキンスープ&フフ」とか「フライドヤム」とか魅力的なメニューが張り出されている。店内は楽器がいっぱい。マスターのオスマンさんは「トラベラーズ」の現役ミュージシャンで、ときどきアフリカ音楽のライヴがあり、お客さんも楽器をもたされる。店主自身がライヴ出演しているときは休みになり、三回に二回はふられた記憶がある。

入り口近くにある焼き肉の「はせ川」はいつ行っても賑わっているが、ドアをあけてマスターに「空いてますか?」ときくと、時間制限をつけて何とか押し込んでくれる。

とにかく信じられないほどコストパフォーマンスの高い店だ。三五〇〇円のコースでも、A5ランクの肉が出てくる。「極上和牛三点盛り」には「ざぶとん」「肩ロース」「かいのみ」など名札がついている。他にも牛タン、ハラミ、ランプの塩焼き、霜降りロースの野菜添え、イチボとカルビなど。ライスはネギごはんにすることもできる。飲み放題はプラス一九〇〇円。

エスニックなら、イラン・ペルシャ料理「ジャーメ・ジャム」がおすすめ。前菜盛り合わせでは、ひよこ豆のペースト「ホムス」、焼きナスのペースト「バーバーガヌージ」、ヨーグルトから作るペルシャ風チーズ「マスティネ」をピタパンに挟んでいただく。ぶどうの葉でラム肉ともち米を包んだ「ドルメ」も味わい深い。

飲み物はぶどうの蒸留酒ラク。フランスのリカーと同じく、水を入れると白濁する。おなじみの「シシケバブ」は羊のテンダーロインを焼きあげたもの。私のイチオシは「マーヒーチェ」というラムすね肉のトマト煮込み。ほろほろに煮えていてすぐに骨からはずれる。「パカリ・ポロウ」というそら豆とディルのご飯を添えていただく。

ときどき、ベリーダンスを踊る女性がはいってくることがある。そうすると大変だ。ひとしきり踊ったあと、テーブルに手をさしのべ、お客さんにも踊ることをすすめる。断っても手をとられ、店の中央にひっぱり出される。いったん踊ってしまえばとても楽しい。

ランチならタイ・ラオス料理の「サバイディー」。「ラープ」(ラオス鳥/豚ハーブ炒め)、「ネームカーオ」(ラオス豚と米のミックスサラダ)、「ソムタム」(タイのパパイヤサラダ)、「モックガイ」(ラオス鳥バナナ葉包み蒸し)などみんなおいしい。

一番街でもっとも遅くまで開いているのは「ROCK KITCHEN 1984」。バーボンの種類が豊富で「イエロー・ローズ・オブ・テキサス」は四年、八年、一二年、一五年ものと各種とりそろえている。音楽は曜日ごとにスタンダード、ハード、ウエスト・コースト&ソング・ライター系、日本のロック、アナログ時代中心のサザン・ロック〜スワンプなど分けて流している、らしい(ロックに暗い私には違いがよくわからない)。

あるとき、詩人・歌手・画家と多彩な肩書をもつ友川カズキさんのライヴの流れで、駅前の居酒屋に呼び出されたことがある。友川さんの本を出している白水社の編集者からメールがはいったのだと思う。その後親しくにつきあうことになるロック・ミュージシャンの山崎春美さんにもここで会った。伝説の前衛ロックバンド「ガセネタ」のヴォーカル。

二次会で「1984」に行き、店内の古いブラウン管のテレビで友川さんが若いころに出演したポルノ・ヴィデオを流し、みんなで見たが、不思議なもので少しもエロティックな気分にならなかった。

スターロード

現代音楽評論家のIさんは、西武新宿線の鷺ノ宮に住んでいたころ、スターロードの主《ぬし》的な存在だった。ソバージュの髪に黒めがね。黒いレインコートのポケットに手をつっこんでさっそうと歩く。呑み屋街の端から次々に梯子し、明け方まで開いている店に到達する。他で働いていた女の子たちが店じまいを終えて集まってくる。そこでIさんは、「で、どうだったの？　この間の彼は？」というような身の上話のつづきをする。

店で働く人たちもまた飲むのだ、ということを初めて知った。

待ち合わせは「木の蔵」というワインバー。オーナーの高田真也さんはソムリエの資格をもち、スターロードで七〇年以上つづく老舗「高田屋酒店」の息子さんだという。

「高田屋酒店」のご主人が商店会長をつとめるスターロードは、阿佐ヶ谷駅北口を荻窪寄りにすすむ細い路地。入り口の右側には二階建ての「南欧食堂　デルソル」があり、魚をまるごと使ったアクアパッツァが売り物だったが、今は名前を「デルチェッポ」と変えて中杉通りに移った。

これも今は駅前広場に移った阿佐ヶ谷郵便局の前には、「八百勇」という市場のような八百屋さんがある。野菜の箱を積んだ上にキャベツやカリフラワーやトマト、葉物がずらりと並び、果物も同じぐらいどっさり。山形産うるい、千葉産の葉にんにくや葉ぜり、静岡産のプチヴェール、群馬産のフルーツにんじんなど珍しい野菜も売っている。会ったことはないが、以前はレタスちゃんという看板猫がいたらしい。

右側のスポーツクラブ「トーアセントラルフィットネス」は、昔は「オデヲン座」という映画館だった。父がちゃんばら映画が好きだったのでよく連れて行ってもらった。一九五六年公開の「空の大怪獣ラドン」は、たぶん同時上映の「眠狂四郎無頼控」のついでに見たのだろう。記録を見ると、音楽は「ゴジラ」と同じく伊福部昭さんだった。

次のブロックの「あるぽらん89」は、NHK「TOKYOディープ！」に登場した店だ。私は行ったことがなかったが、番組が放映されてからお邪魔した。マスターの佐々木義孝さんはちらちらこちらを見ていたが、帰るときに名乗ったらやっぱりという顔になった。

それからはたびたび飲みにいく。「いつもの」と頼むのは焼酎の桑酒割り。多国籍料理だが沖縄系が多く、ゴーヤチャンプルー、スクガラス、沖縄めんの焼きそばなど。一番おいしいのは巨大なニンジンがゴロンところがったミャンマー風チキンカレーかな。

「あるぽらん」隣のイタリア・スペイン・バル「ギ」も、最初は池田逸子さんに連れて行っていただいた。二〇〇四年開店というから、たぶん間もないころだろう。オーナーズシェフの藤橋美帆さんと従業員の女性の二人だけという珍しい取り合わせ。それからたまに行くのだが、いつも「先日池田逸子さんがこられました」というすれ違いつづき。

デカンタワインはたっぷり四杯分あり、炒めたあと水分を散らすというカリカリのキノコも、カラまで食べられるようにじっくり火を通した「ピリピリ」という甘エビのアヒージョも、「よさこいハニー」という赤唐がらしの詰め物も、細やかな工夫が凝らされてひと味違う。ちぢれキャベツとサルシッチャのショートパスタは、麺の切れ目においしいソースがからんで本当に美味しかった。

店名の由来はオーナーの飼い猫「ギル」からひと文字を取ったという。そういえば、「ビストロ猫の髭」というおいしいフレンチが店を閉じてしまいましたね、という話題になる。「木の蔵」の手前にあったカウンターだけの狭い店だ。

近くに猫がたくさんいるバーもありますときいたので、行ってみた。駅のほうに少し戻ったところの地下。階段を降りてドアを開けると、マスターが「この店には猫が沢山いますが、大丈夫ですか？　アレルギーはありませんか？」と確認してくる。

その通り、赤いベンチの上にも、テーブルの上にも、床にも柱の上にも猫がいっぱい。時々じゃれついたり、バッグの中に入って遊ぶ猫はいるけれど、引っ掻いたり嚙みついたりはしない。食べ物もねだらない。とてもしつけの良い猫たちだ。猫の系図も見せてくれる。一六匹のリストのうち古参のショパン君は現在迷子中のようだ。

密談したいときは、スターロードと文大通りの境目にあるイタリアン・バル「ドン・ツッキ」に行く。奥にのびる細長い店で、夜二時までやっているので使いやすい。羊の爪先を模した取っ手を引くと、店員さんに「二階の窓際席あいてる？」ときく。空いていないときは他の店に行く。が、そうしなければならないときはほとんどない。

いったい何度、この「窓際席」で飲んだことだろう。スターロードを真下に見下ろす窓辺に並んで座り、一リットルの赤ワインを注文する。つまみはイワシのコンフィやワカサギのエスカベッシュ、アンチョビキャベツ、炎のアラビアータ。

夜になるとガラス窓を通して冷気がしのびこんでくるので、寒い時期には厚い毛布も置かれている。他の席はカウンターだし、ウェイターが注文をとりにくる他はまわりに誰もいないので、ないしょ話には最適だ。

スターロードの西端にある「ヴィオロン」は一九八〇年に開店した音楽喫茶で、昔ながらの真空管アンプでLPレコードを流している。

ウィーン楽友協会ホールを模したという店内は、回廊部分に座席が並び、階段を下りた特等席の正面には巨大なスピーカーが二台設置されている。オーディオ・ファンだった父が手づくりしたスピーカー・ボックスによく似ている（私は遊んでいてボール紙を破ってしまったことがある）。その後ろにはSPのラッパ型のスピーカーもにょきにょき伸び、毎月第三日曜日には、オーナーの寺元健治さんみずから蓄音機を回すレコードコンサート「二一世紀にこれだけは残したいSPの名演奏」。曲目解説を書くのは、タワーレコード新宿店の板倉重雄さん。

現代の吟遊詩人、条田瑞穂さんがさまざまなゲストを迎えて開く朗読シリーズ「世界でいちばんちいさな劇場」を聴きに行ったこともある。能に感化されたという瑞穂さんの声は、マイクを通さなくても太く豊かで威厳に満ちている。平安時代の巻物のような和紙に自作の詩を書きつけ、するするほどきながら読み上げていくさまは圧巻だ。

「ヴィオロン」の並びには、寺元さんの奥さんのメッタさんが経営する本格タイ料理店「ピッキーヌ」。ココナッツカレーのヌードル「カウソイ」は、ぱりぱり麺ともっちり麺が楽しめる。

界隈の主《ぬし》的なお店は、本格焼酎・泡盛に特化した「かわ清」。「ギ」のひと辻荻窪寄りにあるカウンター一〇席ほどの店なのだが、棚にずらりと並んだ焼酎の種類はそれをはるかに超える。焼酎造りをはじめた人が教えを乞いにきたり、おかみさんが二〇年以上熟成させている焼酎もあるらしい。つまみは味噌ゆべしや新島のくさや。

今年八二歳になるおかみさんは肌が本当にきれいで、しかも透視能力がある。ひと目見ただけで、お客さんが水割り、お湯割り、炭酸など、どんな焼酎のどんな飲み方が好みか、たちどころに見抜いてしまうらしい。ついでに人品骨柄まで見抜かれてしまいそうで、ちょっとこわい。

伝説の飲み屋ランボオ

飲み屋とあるからには、客がなるべくたくさん酒を飲み、酔っぱらってくれることが目的だと思われがちだが、酔っぱらいを追い出したのは、北口商店街の路地にあった「北大路」である。

父に連れて行ってもらったことがあり、和服姿の凜としたおかみさんが印象に残っている。酒を注文すると、小上がりの囲炉裏前に正座し、自在鉤に下げられた大きな南部鉄瓶でお燗をつけてくれた。なんだかお茶席のような威厳と静けさで、おかみさんはいつも横を向いていたような印象がある。静かに酒を飲む店で、酔っぱらい客は断られたという。

もともとの店主は、農林省の利き酒担当官だったときいたことがある。一滴も酒を飲まず、口にふくみ、味わったあと出して、口をすすぐ。店では、一切私語をしないことがしきたりだったというから、おかみさんはそれを踏襲していたのだろう。

父は灘の名酒「剣菱」を好んでいたが、これも「北大路」の影響らしい。というのは、元店主が「酒のなかの酒は剣菱である。剣菱を酒の基本とし、これより辛いものを辛口とし、これより甘いものを、甘口と定める」と言っているからだ。

店はとうの昔に閉めたが、今も商店街の脇道には「北大路」の看板が残されている。

南口の川端通り、元フライ級のボクサーが経営するレストラン「キッチン・チャンピオン」のビルの二階に「ランボオ」という名物バーがあった。ここは誰に連れていってもらったのかさだかではないのだが、ひと組のイス席以外はカウンターの店で、丸いスツールに割れせんべいのようにひびがはいっていたことだけは強烈におぼえている。

堀さんという寡黙なマスターが一人でやっていて、ボロボロのジャケットから出したLPレコードを無造作にかけ、カクテルはマティーニ、マンハッタンが三〇〇円、他は二八〇円。ボトルさえ入れておけばいつまでもタダで飲めたという。

マスターの後ろには一階から登ってくる階段を利用した雛壇のような棚があり、ボトルがぎっしり並んでいる。シェーカーの振り方が独特で、腕を高く上げてシャカシャカ振るのではなく、遠心力を利用するかのように降り下ろす。これはピアノの弾き方にも通ずる合理的な動きだ。

つまみはひと口のガスコンロであぶったスルメで、マヨネーズをつけていただく。

店名の「ランボオ」はフランス詩壇をひっかきまわした革命児からとられたのだろうが、堀さんが詩を書いたかどうかはさだかではない。

マスターは寡黙で店も静かだったが、たまには過激な客もいたらしい。

状況劇場時代に阿佐ヶ谷に住んでいた佐野史郎さんは、「ランボオ」で劇団員全員がアブサン（ランボーやヴェルレーヌが愛飲した苦蓬の酒）を八杯ずつ飲み、ケンカになったという話をブログに書いている。

気がついたら唐十郎さんは包丁を持ってカウンターの上に立ち上がり、グラスを全部割ってしまった。翌日、カルメン・マキさんが菓子折りを持って謝りに行ったという。

登山が趣味だった堀さんは飯豊連峰の前山である二王子岳で亡くなり、芦田さんという女性が同じ店名で九年ほど営業していたが、ビルの取り壊しでなくなってしまった。

その芦田さんが川端通りの「いちょう小路」に「十六夜」という小さな飲み屋を開いているという。二〇一八年に東京新聞から「私の東京物語」というリレー連載を頼まれ、「ランボオ」についても書くことになったので、担当の記者と取材に行った。

純和風の引き戸をひくと、店は七席ほどのスペースで、カウンターの向こうから元「ランボオ」店主のマダムと、学生時代から「ランボオ」に通っていたという、長身の男性、西村さんが迎えてくれる。

飲み物は日本酒、焼酎とワイン。壁にかけたメニューには「飛驒牛の切り落とし」「ポテトサラダ（十六夜好み）」「若ぼし潤目」「万願寺唐辛子焼」などのつまみが並ぶ。

店に「ランボオ」時代の写真をおさめたアルバムがあると聞いていたので、記事の図版用に許諾をお願いしたところ、「人物が写っていなければ。許可は撮影した方に…」とマダム。むずかしいのかな…とあきらめかけたのだが、すぐ撮影者の松田洋一さんに電話をかけてくれた。

松田さんが到着するまでの間、西村さんは酒のつまみを用意しながらいろんな昔話をしてくれる。阿佐ヶ谷生まれで私と同じ杉並第七小学校から阿佐ヶ谷中学、都立西高へと進み、東大ではバレー部のアタッカーとして活躍した。その後フリーのライター、塾の講師、家庭教師などを経て、「十六夜」では料理を担当しているらしい。私が話題にする阿佐ヶ谷の商店街の店主のうち何人かは、西村さんに勉強を見てもらったという。

小学校五年生のころ、暗渠の探検をした話がおもしろかった。父が子供のころ落ちておへそに泥がたまった暗渠は、桃園川に注ぐ阿佐ヶ谷川という用水跡だった。青梅街道の阿佐ヶ谷口から杉並第七小学校の校庭の真下を通って川端通りの北寄りに流れ、昭和一〇年に暗渠化されたという。その支流が、現在のスマイルホテル前から阿佐ケ谷駅方面に流れ、けやき公園、桃園川緑道へとつづいている。

西村さんは、杉七の校庭にあるこの地下水路の中にはいってみたのだという。子供が少し身をかがめて通れるぐらいの大きさで、くるぶしぐらいまで水に漬かったそうな。あらかじめ地上でマンホール内を想定したスタイルで出口までの時間を計ったというから用意周到だ（プールの水を抜かれたらアウトなので、時期と時間を選んで決行したものらしい）。

阿佐ヶ谷川は千川上水・六ヶ村分水の下流流路だった。昭和二年に井伏鱒二が荻窪に住みはじめたころ、家が建つまでの間住んでいた平野屋という酒屋の前には千川用水が流れていた。『荻窪風土記』で井伏は、「幾ら贔屓目に見ても気持のいい流れとは言えなかった」と書いている。

「店の前だけは頑丈な溝板で塞がれていたが、店の跡切《とぎ》れたところでは、草の茂る土手と汚れた溜り水が通行人に対して剝出しになっていた」

昭和四、五年ごろには溝板の下はオハグロドブそっくりになっていたらしい。井伏は執筆依頼をするために訪ねてきた編集者がここに落ちたときのことを、「春宵《しゅんしょう》」という詩でユーモラスに描写している。

「大雅堂の主人
佐藤年夫が溝《どぶ》に落ちた
――僕《ぼく》がうしろを振向くと
忽焉《こつえん》として彼は消えていた――
やがて佐藤の呻《うめ》き声がした
どろどろの汚水の溝である（後略）」

昭和一一年というから、大正一三年生まれの父が落ちたのと同じぐらいの時期かもしれない。ワインを二杯おかわりし、こんな話をしているうちに、松田洋一さんが自転車でかけつけてくださった。さすが地元。東京新聞の記者と話がつき、無事写真をゲットした次第。

チョウさん

東京新聞の連載「私の東京物語」第八回「幻の飲み屋」は、二〇一八年一一月二六日付朝刊に無事掲載され、しばらくたったころに玄関のベルが鳴った。開けてみると、がっちりした小柄な男性が立っている。

「キッチン・チャンピオン」の元マスター、「チョウさん」こと山本晁重朗だった。

チョウさんは興奮気味に、「青柳さんの記事をきっかけにボクもネットでブログを書きましたので是非読んでください」とA4の用紙にプリントアウトしたものを差し出した。

「あの日あの時あの人」と題する連載の二〇一九年三月号。知り合いから「東京新聞にチャンピオンの記事が載ってますよ」と電話をもらい、ちょうど取っていたのでポストに取りに行き、紙面を拡げると店の写真がカラー刷りで載っていた、というところから語り起こしている。

それによれば、「チャンピオン」がレストランに改築したとき、家主の今井重幸さん（同じビルで『スタジオ・アルス・ノーヴァ』を営んでいた）が二階の寝室と居間を改築したのが「ランボオ」だという。堀さんは、進駐軍の人たちがくるバーや、コーヒーも飲めるバー「ラベンダー」でバーテンをしたり、駅裏の小さなスナックで雇われマスターをしたりしていたが、常連客の今井さんにすすめられてバーをオープンしたという。

今井重幸といったら、伊福部昭門下の作曲家であるとともに、まんじ敏幸の名前で舞台演出家、構成作家としても活躍し、彼のスタジオからはヨネヤママママコ、土方巽、小松原庸子、長嶺ヤス子ら錚々たる舞踊家が巣立っている。

チョウさんはブログで「今井先生はほりさんは詩人だと言っている。言われてみれば、そんな雰囲気はあるが、店内にはそれを裏づけるものは見当たらない」と書く。

寡黙で哲学的な堀さんは謎の人物だった。漫画家永島慎二の著書には、「知り合って十何年になろうとしているのにホリさんのことをあまり知らない」「詩を書く人か、小説なんぞ書いている人か、それとも何もしない人なのか私には分からない」と書かれている。

チョウさんは、そんな神秘的な堀さんの素顔をかいま見る機会があった。

あるとき、店にやってきた堀さんから「明日の昼間アパートに来てくれませんか」と頼まれたチョウさんは、渡された地図を片手に彼のアパートに向かう。店から徒歩十分ほどの住宅街の片隅にある古い二階建てだった。

粗末な六畳間で、窓際の机には灰皿と封を切ったタバコが載っているだけで、皆が想像していた、分厚い書物や筆記用具は見当たらなかった。ランボオの店内とあまりにも違う雰囲気にとまどっているチョウさんに、堀さんはビールをすすめ、本題を切り出した。

知り合いの旅行会社の人から、一週間のヨーロッパ旅行のツアーの定員が足りないので、格安で世話するので行かないかと誘われたらしい。子供のころからヨーロッパ旅行が夢だったのでメンバーに加えてもらったが、「ランボオ」のような小さな店の経営者が海外旅行に行くなどと知られたくなかったので、ツアーの間は里帰りしていることにしようと思っていた。しかし、旅行会社の人が一部の知り合いに「ホリさんをヨーロッパに連れていく」と漏らしたため、何人かから餞別をもらってしまった。

その後、店を閉めて帰るときに階段で足をふみはずした堀さんは、後頭部をしたたかに打ち、出血こそなかったが、ボクサーの「パンチドランカー」のような症状を起こす。つまり、突然タイムスリップしてしまい、その間のことを何ひとつ覚えていないのである。

ヨーロッパ旅行に不安を感じた堀さんは中止を申し入れるが、問題は餞別である。旅行会社と相談した結果、表向きは予定通り参加したことにして、七日間店を閉めてこもっていた。チョウさんは、その間、アパートに食料を届ける役を頼まれたのである。

部屋に行ってみると、堀さんはちゃぶ台にヨーロッパの地図を拡げ、旅行の予定表を見ながら『今はこのへんかな』とパリを指差している。私はそんなホリチャンを見て、毎日こんなことをしているのかと思うとタバコの煙が目に染みた」。

一週間たち、旅行会社の人が買ってきたおみやげを餞別をくれた人たちに渡したホリさんは、何ごともなかったように「ランボオ」を再開した。

一九六四年から四三年間、阿佐ヶ谷の地で洋食店を営んだチョウさんのブログ、開始当初は「あの日あの時」というタイトルで、「チャンピオン」の起源について語っている。

「閑静な住宅街の一角に古ぼけた小さな店があった。八人座ると満席になるバーだった。そこを居抜きで借り、深夜飲食店にした。

オープンしたのは二七歳の誕生日だった。白いプラスティックの置き看板に〝チャンピオン〟と赤字で大きく、その右側に黒字で小さく〝野郎の店〟そして、左側に〝女性歓迎〟と書いた」

元のバーは薄暗かったので店内を明るくし、食器棚の上に目をひくような奇妙なものを置いた。古びた片方のハイヒールは「越路吹雪がラストダンスの時に履いた靴」、錆びたナイフは「裕次郎が砂山で見つけたジャックナイフ」、歯のすり減った片方の下駄は「NHKの天気予報士が使っていた」と説明したが、もちろんギャグだった。

集客のために近くの銭湯に「湯上りにぐっと飲みたやビールかな」と記したポスターを貼りに行ったところ、セールスマン風の男性が「川柳につられて」飲みにやってきた。常連にもビールをふるまい、談笑していたが、帰る段になって持ち合わせがないという。チョウさんは、男性が履いていた高価そうなイタリア製の靴を片方脱がせ、「〝天気予報士〟の下駄」を履かせて帰した。

お店の名前が「チャンピオン」というのは、チョウさんが元フライ級のボクサーだからだ。極東ジム出身で、引退後は文大通りの「石橋ボクシングジム」でトレーナーをつとめていた。

あるとき、体格のよい青年がやってきた。青年は「私は歌手です。私の歌を聞いてください」と言い、カウンターに小型のテープレコーダーを置いた。

青年の名前は日高正人といい、鹿児島から上京して建設会社につとめ、自主制作でレコードを一枚出したという。日高の声は、マイクを通さないのにレコードのような響きと雰囲気をかもしだしていた。チョウさんは即座に知り合いの有線放送の社長を呼び、日高の歌をきかせたところ、社長も気に入ってくれた。

しかし、彼が日本テレビのスカウト番組『全日本歌謡選手権』にチャレンジしたいという希望をいだいていることを知ると、頭を抱えてしまった。無名の歌手やレコードがヒットしなかった歌手が出場し、厳しい審査を経て十回勝ち抜くとチャンピオンになり、デビューできるシステムだ。『スター誕生』のようにルックスが良ければ歌が下手でも合格するという場ではない。この番組で再デビューし、スターになった五木ひろしや八代亜紀ですら審査員に厳しいコメントを投げつけられた。日高はとても受からないだろうと思ったチョウさんは、もし君がチャンピオンになったら、世界チャンピオンの輪島功一とステージで歌わせてやる、とハッパをかけた。

日高正人は無事優勝し、輪島と直接コンタクトのなかったチョウさんは困ったが、ボクシング関係者を介して輪島に交渉したところ、マネージャーには断られたが、輪島本人に話が通り、無事約束を果たすことができた。

一週間後、日高は週刊誌を抱えて来店し、ステージで歌う輪島と自分のツーショットが載った記事を見せたという。

良い話だ。

いちょう小路

二〇二〇年の年明けのある日、銀座の森岡書店で詩人の朝吹亮二さんのトークライヴ（ゲスト・湯浅学、大和田俊之各氏）に行った。詩集『ホロウボディ』の刊行記念なのだが、なぜか話題は、朝吹さんがハマっているギター製作について。

ご自宅でギターを製作するために、本が山と積まれていた書斎の本を売り払い、ギター用の木材を運び込み、狭い工房は接着剤の匂いでクラクラするほどだとか。ご自身が作られたギターによる実演もあって、とても楽しかった。

そもそも詩集のタイトル『ホロウボディ』もエレキ・ギターの「箱モノ」のことなのだが、それを空洞《うろ》というテーマに転換させ、心に虚をかかえて生きる人間の実存になぞらえている。

同行したのは阿佐ヶ谷在住の若い音楽学者。上智大学でベルリオーズについて研究し、四月から音楽之友社に就職し、ウェブサイトの編集にあたっている。三井麻衣というこのお嬢さん、父方の遠い親戚で、ＨＰ経由で連絡をいただいた。

祖父は山梨県の旧家の九人兄弟の末っ子として生まれたのだが、三井さんは祖父の兄か姉の曾孫に当たるという。系譜はややこしくて、何度きいてもおぼえられない。

とにかく一度お会いしましょうということになり、たしかお茶をして、それからぐんぐん親しくなり、今はほとんど書生さんがわりの存在になっている。祖父は食い道楽で知られたが、遠い親戚の三井さんもなかなかの美食家で、いっしょにご飯するのも楽しい。

ライヴの後は三井さんと阿佐ヶ谷に戻り、いちょう小路の餃子坊「豚八戒」で食事。

「豚八戒」は「ぶたはっかい」ではなく、「ちょはっかい」と読む。カウンターだけの小さなお店で、いつ行っても満員で入れず、予約は二ヶ月待ちとか。諦めていたのだが、ダメ元でガラス戸を叩いたところ、別の入り口にまわれという。カウンターの横に新たにテーブル席を設けたようで、初豚八戒！

羽根付焼餃子、四川風麻辣水餃子、海老水餃子、精進蒸餃子、腸詰ソーセージと頼み、三井さんも私もプリプリの海老餃子がピカ一という意見で一致した。

いちょう小路には、「十六夜」や「豚八戒」の他にも個性的な店が並んでいる。

ホルモン焼きの「友ちゃん」には、二〇〇九年九月にドビュッシーの未完のオペラ『アッシャー家の崩壊』をコンサート形式で上演したとき、稽古のあとで行った。

ドビュッシーが一九〇八年から亡くなる前の一七年までとりかかっていた幻のオペラ。エドガー・アラン・ポーの怪奇小説をドビュッシーが翻案し、日本初演から二七年間再演されなかったとても珍しい作品だ。

印象派の巨匠ドビュッシーとゴシック・ロマンのポーのとりあわせは奇異に思われるかもしれな

いが、実はドビュッシーは若いころから『アッシャー家の崩壊』の音楽化をもくろみ、オペラ化にあたっては自分で台本を書くなど大変な入れ込みようだった。

しかし、かんじんの作曲の筆はいっこうに進まず、十年間もかけながら音楽は三分の二ほどのところで途切れ、残された数々の断片が苦闘のあとを物語っている。

二〇〇九年の舞台では、ドビュッシーの書いた台詞を活かし、音楽がついていない部分ではせりふを語ってもらうことにした。メロディを歌うのが本職の歌手には、なかなかきつい要求である。

キャストはソプラノ歌手一人、バリトン歌手が三人。ソプラノさんの出番はアリア一本でからみがないので、稽古は男性陣のみ。五月から譜読みをはじめ、週に一度の稽古が終わったあとは宴会になる。歌手たちの、まぁよく飲むこと。あっという間にワインが空になり、二本めも空になり、ついでに日本酒の一升瓶も空になり。

自宅の酒蔵が底をついたので、阿佐ヶ谷の飲み屋街にくり出すことにした。バリトンさんのお一人が鶴橋のホルモン焼きのファンで、その支店が阿佐ヶ谷にあるという話をききこんできた。では行きましょうというわけで、四人で「友ちゃん」にはいった。

昔ながらの屋台の雰囲気。ホルモンはギャラやマルチョウやコブクロ、希少部位のヤンやシビレもある。焼き肉ホルモンメニューには化学調味料は一切使用せず、焼肉メニューもすべて無化調、自然な肉の本来の旨みを活かす」というのが売りもの。牛ハラミ、牛タン、ラム肉などを七輪で焼き、煙がもうもう立ち、火柱も立つ。店員が氷で鎮火する。それぞれのテーブルに天井から煙突がおり、それで吸い上げる方式だが、どうしても衣類には匂いがつく。椅子が収納ボックスになっていて、各自コートなどをしまう。

「イザラ」には、東京新聞の連載の取材で立ち寄った。正確に言うと担当記者と「十六夜」に行こうと思ったらまだ開いていなかったので、しばらくこちらで腹ごしらえをした次第。

「ＩＺＡＲＲＡ」というのはバスク語で「星」という意味らしい。オーナーがヨーロッパに行ったとき、最初に滞在したバスク地方の言葉からとった。その後ブラジルにも行き、一五年を過ごしたそうだ。二〇〇〇年に高円寺、二〇一二年に阿佐ヶ谷に移転。

バスク地方といえばフランスとスペインの国境にある自治州で、フランス近代の大作曲家モーリス・ラヴェルの故郷。音楽喜劇『スペインの時』や管弦楽曲『スペイン狂詩曲』、ピアノ組曲『鏡』の「道化師の朝の歌」など、ラヴェルにはスペインに取材した作品が多く、バスク地方と無縁ではあるまい。もっとも、スペイン音楽の専門家によれば、はるかに「ソフィスティケ（洗練）」されているそうだが。

お店はカウンターと細長い六卓のテーブル。天井から唐芥子がつるされている。テーブルはかなり背が高く、壁側の椅子はベンチ、通路側はマル椅子。

料理はえぞ鹿のステーキ・ベリーソース添え、仔羊のモロッコ風煮込み、豚肉のトスカーニャ豆煮、洋風もつ煮（ターメリックライスまたはクスクス添え）、トマトファルシー、スペイン風オムレツなど、ヨーロッパ多国籍料理といったところか。盛りつけがきれいで、魚のカルパッチョにはカブやズッキーニ、ラディッシュ、セロリのサラダが添えられて、カラフル。

サングリアにも、イチゴ、バナナ、キウィが盛りつけられ、ほとんどフルーツ・パフェの感覚。

珍しい飲み物では、ブラジルの「カイピリーニャ」というカクテル。四〇度のサトウキビの蒸留酒カシャーサがベースで底にライムがどっさりはいっている。頼んだら、強いから二杯飲むと帰れなくなるよと言われた。そのあと取材だったので一瞬躊躇したが、ままよと飲んでしまった。

結果は…とくに足をとられた記憶はない。

ラピュタ阿佐ヶ谷

ピアニストの瀬川裕美子さんと出会ったのは、たしか下石神井の御嶽神社の神主さんでもあり、現代音楽の評論家でもある石塚潤一さんの花見の会の席上だったと思う。隣に高橋アキさんがいらして、瀬川さんの演奏と文章をとてもほめていらした。

瀬川さんは国立音大でピアノを学び、バッハからショパン、フランス近現代、邦人作品まで音楽史をふまえたさまざまな視点で意欲的なリサイタルを開いている。二〇一九年一〇月には、リサイタルのライヴ録音を再構成した『アフロディテの解剖学』というアルバムもリリースした。クセナキスの『ヘルマ』に世界初演三曲を含むすごいプログラムだ。当時はそのCDを拝聴する前だったわけだが、二〇一九年七月二七日、所属先の事務所主催で開かれた作曲家湯浅譲二さんの「90歳を祝う記念演奏会」で偶然隣り合わせになった。

私は出会ったばかりの方に無茶ぶりをする悪い癖があり、そのときもこの俊英ピアニストにとんでもないことをお願いしてしまった。九月七日に立正大学の品川キャンパスで開かれる日本ポー学会のシンポジウムで特別公演を頼まれており、ドビュッシーが未完のまま残したポーにもとづくオペラ『アッシャー家の崩壊』のアリアと関連作品で共演してくださるピアニストを探していた。

たぶん、その日のうちに、ソプラノ歌手の盛田麻央さん（瀬川さんの先輩だという）が歌う「幽霊宮殿」の伴奏部分と、同じテーマを使った『六つの古代碑銘』の連弾のお相手をお願いしたところ快諾してくださった。

八月最後の日、盛田さんにも来ていただいて阿佐ヶ谷の自宅で合わせ。ママになったばかりの盛田さんを赤ちゃんのもとにお返ししたあと、瀬川さんとさらに連弾の合わせ。かぐわしいオレンジがはじけるような活き活きした音楽性に惹かれた。

練習が終わったあと、ラピュタ阿佐ヶ谷の「山猫軒」のランチにお誘いした。いっぱいの日差しのもと、ヴィシソワーズ・スープに生ハムのイチジク添え、野菜のコンポート、スズキのポワレなど南仏ふうの料理を楽しんだ。

宮崎駿の「天空の城ラピュタ」にちなんだ「ラピュタ阿佐ヶ谷」は一九九八年オープン。当初はアニメ専門館だったが、いつのころからか日本のレアな映画を放映するミニ・シアターとして名をはせるようになる。

映画オンチの私は、そちらに入ったことはないが、レストランの「山猫軒」や地下の芝居小屋「ザムザ」にはときどき行く。

このときも、単にランチがおいしいからという理由でご案内したのだが、館に着いた途端、瀬川さんが興奮して、叔父さまに当たるという宮崎祐治さんについて話しはじめた。

宮崎さんは『キネマ旬報』で映画イラストレーターとして活躍されているが、二〇一一年から二〇一六年まで同誌に連載していたのが『東京映画地図』。東京でロケされた映画について、そのロケ現場の地図をもとに映画のワンシーンをイラストと短文で紹介している。

発想のもとは川本三郎さんの『銀幕の東京　映画でよみがえる昭和』で、「東京を舞台にした映画の周辺が調べ尽くされ、鮮やかに情景が切り取られている」さまに感動し、そのイラストレーション版を夢想した。「東京を舞台にした映画をロケ地で辿る、そんな手描きの地図帳を作ってみたいと意を強くした」とある。

連載の準備をはじめてから、まだ観ていない日本映画を観るためにラピュタや神保町シアター、京橋のフィルムセンターに通ったが、とりわけラピュタでは、取り上げた映画の三分の一ぐらいを観ているという。

その並外れた映画ロケ熱がラピュタの支配人の目にとまり、連載をもとに二回の特集が組まれ、宮崎さんもチラシ・ポスターの制作を依頼されたという。後日、瀬川さんから連載をまとめた『東京映画地図』を送っていただいた。

地図は千代田区、中央区、港区、新宿区、文京区、台東区、墨田区、江東区、品川区、目黒区、大田区、世田谷区、渋谷区、中野区、杉並区、豊島区、板橋区、練馬区、北区、荒川区、足立区、葛飾区、江戸川区に多摩地区と伊豆諸島。最後に憧れの人、川本三郎さんとの対談「失われた東京の風景を求めて」が置かれている。

さっそく、杉並区のページを開いてみた。

いきなり丸顔にメガネの井伏鱒二のイラストがとびこんでくる。「『本日休診』や『駅前旅館』などが映画化され、自宅で映画人と並ぶ写真が幾つか残っている」

山村聰は鼻の大きな横顔として描かれる。彼が演ずるのは、石川達三原作の『四十八歳の抵抗』で阿佐ケ谷駅近くに住む大手保険会社のサラリーマン西村耕太郎。阿佐ヶ谷の商店街の床屋を出た西村は、本屋で『文藝春秋』と『ファウスト』を買う。『ファウスト』のあるページの「あてのない遊びをするには年を取り過ぎた。しかし欲望をたつにはまだ早い」というくだりが目にとまる。現在の四八歳は十分に若いが、昭和三〇年代では初老間近だったらしい。部下に誘われるまま歓楽街に遊び、ある酒場で雪村いづみ扮する一九歳の少女ユカに出会い、小悪魔的な魅力の虜になる。小遣いをやりくりして熱海に旅行するが、「やめて、ユカちゃん、お嫁に行けなくなる」という言葉とともに終わる。

次の紹介は松本清張の『点と線』（一九五八）。映画にはうといがミステリーは大好き。高峰三枝子扮する安田亮子は、結核のため夫の辰郎（山形勲）と別居して鎌倉に住んでいる。女中が奥様、お電話ですよ（まだ黒電話だ）と告げると、夫が訪ねてくるのかと思っていそいそと受話器を取る。しかし、それは夫と共謀した犯行が警察に発覚したことを示唆する知らせだった。阿佐ヶ谷の自宅に戻ると、別の女と高飛びするつもりだった夫の帰りを待ち、ビールの中に青酸カリを仕込む。

高峰三枝子といったら、私たちの世代だと上原謙（加山雄三の父）と共演した国鉄（現ＪＲ）のフルムーンのＣＭが印象に残っている。一九一八年生まれだから、『点と線』のときは四〇歳だったことになる。横を向くと少し鷲鼻で、毒婦らしくもあるが、不実な夫を見上げる眼はあえかな表情を浮かべて、か弱そうな風情も漂わせる。清張の原作にはこんな描写がある。

「(安田の妻は)三原の顔を仰ぐような目つきをした。きれいな澄んだ瞳で、彼女自身がその効果を心得ているのではないかと思えそうな見つめかたであった」

原作では夫妻は鎌倉の家で無理心中したことになっていて、「阿佐ヶ谷の本宅」は映画上の創作である。この本宅、立派な門構えなのだが、番地が二丁目二三五。ところで、現在の町名になる前の私の家、つまり「阿佐ヶ谷会」の会場は二丁目六〇三番地だった。

阿佐谷ジャズストリート

現在、高円寺はロックンロール、荻窪はクラシック、阿佐ヶ谷はジャズの街ということになっている。

毎年十月末の二日間、阿佐谷ジャズストリートが開催され、駅の北も南も、杉並区役所はじめ公共施設も、小学校や中学校も病院も、教会も神社も、飲食店もライヴハウスも広場も路上もジャズ一色に染まるが、そのきっかけはなんとオウム真理教だったらしい。

一九九五年一月、阪神淡路大震災が起き、三月二〇日には地下鉄サリン事件が起きた。地下鉄丸ノ内線（池袋—荻窪）だけでも二本が被害に逢った。

七時四七分池袋発荻窪行きの列車では、御茶ノ水到着時に神経ガスのサリンが散布された。異変を感じた乗客の通報で中野坂上で重傷者を搬出し、サリンを回収したものの、そのまま運行して荻窪に到着。新たな乗客を乗せて折り返し、新高円寺でようやく運行停止に至った。この事件で一名が死亡、重症者三五八名。

荻窪発池袋行きの列車でも四ツ谷駅到着時にサリンが散布された。列車は八時三〇分に池袋に到着するが、なぜか遺留物の確認がなされないまま折り返し、本郷三丁目で駅員がモップで掃きだしたものの、そのまま運行し、荻窪到着後に再び池袋行きとして出発。サリン散布後一時間四〇分を経てようやく国会議事堂前駅で停止した。死者は出なかったものの、二〇〇名が重症を負った。サリンは戦争中の化学兵器として使用されるが、平時の大都市で使用された事例はなく、初動が遅れたようだ。

撒かれたのは丸ノ内線の他に千代田線、日比谷線の計五路線。極悪非道の無差別テロで一三名が犠牲になり、約六三〇〇名が負傷し、後遺症に苦しんだ。

当時オウム真理教は阿佐ヶ谷に拠点を置いていた。サリン事件に先立つ五年前、一九九〇年二月には、教祖の麻原彰晃はじめ二五名が「真理党」として衆議院議員選挙に立候補した。

麻原は杉並区から立候補し、阿佐ケ谷駅前で奇妙なパフォーマンスをくり広げていた。信徒全員が麻原のお面をかぶり、白い衣装を着けて「ショコ、ショコ、ショッコー」と連呼する気の抜けた歌と踊りは今も記憶に残っている。そのころは、単なる奇妙な集団だぐらいにしかとらえていなかったのだが。

オウム真理教の総本部は阿佐ケ谷駅北口の少し天沼寄りのところにあり、南口の川端通りでは「うまかろう安かろう亭」というラーメン屋も経営していた。一九九四年六月二六日深夜、真理教の内部組織に導入された「省庁制発足式」のため、ここに幹部約一〇〇名が集結している。松本サリン事件が起きたのはその翌年で、私たちが「オウムのラーメン屋」と呼んでいた店には、実行犯たちも来ていたのである。なんと恐ろしいことだろう。

地下鉄サリン事件のころから阿佐ヶ谷の印象が悪くなり、商店街から客足が遠のいた。たまたま中央線の快速電車が土曜日に停車しなくなったのもこの年で、なんとか負のイメージを払拭したいという声が各方面からあがり、「紆余曲折の末、辿り着いたのが中杉通りでジャズを奏でるアイディアだった」という。

ロックは若者中心、クラシックはややハイブロウすぎる。ジャズなら幅広い年齢層に呼びかけられるし、中杉通りのけやき並木に一番合うのではないか、という発想だった。

当時の商店会役員らの呼びかけで、一九九五年一〇月に第一回が開催された。大きなスポンサーはつけず、区からの助成金もなく、商店会や自治会、小中学校などが支え、協賛金とパンフレットの広告、パスポート券の収入だけでまかなってきた。

数年前までは騒々しいという苦情も寄せられたし、赤字が出て実行委員が一万円ずつ供出して補った年もある。実家が阿佐ヶ谷にある山下洋輔、中野で長年ジャズ・ヴォーカル教室を開いているマーサ三宅など大物も出演するし、ジャズ・ギタリストの西藤大信のようにここから巣立ったミュージシャンもいる。

発足当初は一三だった会場は二五周年を迎えた二〇一九年には七〇まで増加し、一〇月二五日(金)、二六日(土)の二日間にわたって開かれた。

プロの演奏が楽しめる「パブリック会場」、飲食しながら聴く「バラエティ会場」、駅前広場や商店街などでの「ストリート会場」の三つのカテゴリーにわかれている。

「パブリック会場」の出演者は豪華だ。神明宮の能楽殿では、山下洋輔がニューヨーク在住の人気サックス奏者、寺久保エレナと共演。阿佐ヶ谷聖ペテロ教会では、渡米四七年、「世界のマスオ」として活躍してきたギタリストの増尾好秋が「MAGATAMA」での出演。都立杉並高校出身のベーシスト鈴木良雄は、フルートの井上信平、ピアノの野力奏一、パーカッションの岡部洋一による「BASS TALK」を率いてのライヴ。

非日常な歌姫たちが日常的な空間にとびこんでくるのも楽しい。中本マリと杉並第九小学校卒の塚越三代は新東京会館、大橋巨泉とマーサ三宅の娘、大橋美加は阿佐谷地域区民センター、「ピンキーとキラーズ」の今陽子は阿佐ヶ谷中学体育館で「ラテン・カルナヴァル」のヴォーカル。

二〇一九年はジャズの神様の記念年だったらしく、杉並第一小学校の体育館では、渋谷毅オーケストラがデューク・エリントン生誕一二〇年記念、小林陽一率いるジャパニーズ・ジャズメッセンジャーズはアート・ブレイキー生誕一〇〇年記念公演。そして、杉一が誇るジュニアバンドが「昭和歌謡シリーズ『異邦人』」を立石一海と共演。

これだけの演目が並んで、一日のパスポート券が前売り三〇〇〇円、当日三五〇〇円、二日券が前売り四〇〇〇円、当日は五〇〇〇円という安さだ。

「バラエティ会場」には、行きつけの店も多数参加している。いちょう小路の「イザラ」では、ボサ・ノヴァのギタリスト兼歌手・平田王子のライヴ、すずらん通りの「串カツ屋エベス」では、さまざまなタイプのバンドが三〇分ずつの出演、自宅近くの「カフェ・スパイル」では、邦楽器をまじえた「雅Jazz!」と「熱Jazz!」。北口の「カフェ・ド・ヴァリエテ」には、クラシックのフルートとスピネットのデュオが出演する。親密なスペースならではの濃いプログラムだ。対して「ストリート会場」では、道行く人々を立ち止まらせるような耳なじみのよいナンバーや楽しいパフォーマンスが用意されている。南口の噴水前特設ステージでは、アメリカ空軍音楽隊によるビッグバンドの演奏。制服を着た女性のヴォーカルが『トラヴェリ・ライト』をしっとり歌う。同じ広場で「ショコ、ショコ、ショッコー」とやっていたのがきっかけでこんな意匠を凝らしたイベントが始まり、四半世紀にもわたってつづいているのは、なんだか不思議な感じがする。

谷川賢作さんのライヴ

何年か前、音楽プロデューサーの浦久俊彦さんと、阿佐ヶ谷のエスニック店を食べまわっていた時期がある。北口の駅前ビルのトルコ料理「イズミル」、一番街のペルシャ料理「ジャーメ・ジャム」、南口の駅ビルの、今はなくなってしまった韓国料理「安」、タイ料理「ピッキーヌ」、陸橋そばのマレーシア料理「馬来風光美食」等々。

大病をなさった浦久さんはお酒は飲めないのだが、フランス文学から映画、演劇、オペラまで話題が豊富な方でとても楽しい時間を過ごした。

その浦久さんから、岐阜サラマンカホールへの出演依頼をいただいたのが二〇一八年。この年が没後百年に当たるドビュッシーの作品によるコンサートを企画してほしいとのことだった。共演してくださるのは、阿佐ヶ谷から青梅街道を隔てた成田生まれの上野星矢さん。杉並第二小学校、阿佐ヶ谷中学と地元の学校に学び、一九歳でランパル国際コンクールを制した世界的フルート奏者だ。

ドビュッシーはフルートがらみの作品があまりないのだが、サマズイユが編曲した『牧神の午後への前奏曲』、レンスキ編曲による『ビリティスの歌』（朗読つき）、そしてフルート独奏曲『シランクス』などを私のソロと組み合わせ、トークでつないで演奏した。

舞台を暗くして私はピアノの前に座り、上野さんがスポットライトの中で『シランクス』を吹く。ついで私が『小さな羊飼い』を弾き、『牧神の午後への前奏曲』につなぐ。「牧神」はフルートの長いモノローグではじまる。名手ですら緊張するという息の長いフレーズを、上野さんはブレスのあとも感じさせないなめらかさで吹きあげる。

『ビリティスの歌』は、象徴派詩人のピエール・ルイスが古代ギリシャの女流詩人を想定した一種のパスティス（模作）詩集。パンフィーリという村に生まれ、羊飼いと恋をして破れ、レスボス島にわたって女性の恋人を持ち、最後はミチレーヌで娼婦として生きるビリティスの一生を追う形になっている。

もともと朗読とタブロー・ヴィヴァン（立体画）のために書かれた付帯音楽で、音楽の合間に朗読する詩もかなりきわどい内容。上野さんはアニメの主人公のようなさわやかイケメンだから、会場中のファンに怒られないかとひそかに心配した。

ところで、岐阜サラマンカホールの支配人、嘉根礼子さんは、なんと上野さんと同じく成田在住。息子さんが杉二の後輩だという。

そこで、今度は嘉根さんが自宅で催す新年会に招いてくださるようになった。

嘉根さんご自身は武蔵野音大のピアノ科卒。ご主人はドイツ文学者でチェロも弾かれる。息子さんには森鷗外の本名にちなんで「林太郎」と名づけた。その林太郎さんはヤマハにお勤め。お宅にはチェンバロが二台、ベーゼンドルファーとスタインウェイのグランドピアノが一台ずつ。楽器博物館のようだ。

ワインや日本酒はご主人が厳選したものが供される。ご飯もとびきりおいしい。お煮染めや黒豆、きんとん、田作りなど正月のお節料理の他に、味噌田楽、グラタン、ローストビーフや骨つき仔羊のグリルなど手作りのお料理がずらりと並ぶ。

客人もバラエティ豊かで、留学中で一時帰国の若いピアニストやチェリスト、すぐ近くに住んでいらっしゃる谷川賢作さん（詩人の俊太郎さんの息子さんで作曲家・ジャズピアニスト）も参加される。私も、ドイツ在住で一時帰国のピアニストを連れて行った。

ひとしきり飲み食いしたあとは、フリーのコンサート。私は棚からいろいろな楽譜をひっぱり出し、チェロの方と即席で合わせ、ドイツ在住のピアニストに弾いてもらいながら、ミヨーの音楽物語『ボヴァリー夫人のアルバム』を朗読。偶然とはいえ、二〇二〇年一月に浜離宮朝日ホールで催した演奏活動四〇周年記念企画のよいリハーサルとなった。

ついで、谷川さんがベーゼンの前に座り、ジャズの即興に興じる。

お祖父さまの徹三さんと祖父は親しかったし、お住まいもすぐお近くなのにご一家とはお会いする機会がなかったが、嘉根さんの新年会で賢作さんとおつきあいができた。ラピュタの芝居小屋「ザムザ」に、賢作さんがオンド・マルトノの原田節さんと結成したデュオ・ユニット「孤独の発明」ライヴを聴きに行ったこともある。

原田さんといえばオンド・マルトノの世界的奏者で、慶応大学経済学部からパリ音楽院にすすみ、メシアンの『トゥランガリラ協奏曲』のソリストとして、ニューヨークのカーネギーホールやベルリンのフィルハーモニー、パリのシャンゼリゼ劇場やオペラ座、ミラノのスカラ座などの世界の劇場に出演なさっている。

しかし、百席ほどの芝居小屋で谷川さんのピアノやご自分のオンド・マルトノをバックにシャウトされるお姿からは、そんなセレブなイメージは一切なく、一生懸命なくたびれたおじさん（笑）ふう。副題が「中也と遊ぶ」となっているので、中原中也の詩に賢作さんが曲をつけた『冬の夜』。

「みなさん今夜は静かです
薬罐《やかん》の音がしています
僕は女を想《おも》ってる
僕には女がないのです
それで苦労もないのです（以下略）」

やはり中原中也詩の『詩人は辛い』はちょっとこわい。

「私はもう歌なぞ歌はない
誰が歌なぞ歌ふものか

みんな歌など聴いてはゐない
聴いてるやうなふりだけはする（以下略）」

谷川俊太郎さんの詩による『ぽつねん』はユニットの初ＣＤのタイトルになった。

「公園の陽だまりに
おばあさんひとりぽつねん
やがて極楽でも今地獄
膝は痛むし目はかすむ
富士山だって崩れてく
もういいかい
まあだだよ（以下略）」

このリフレーンを歌う原田さんの哀愁感がハンパない。

賢作さんは、トークを一切せず、何かに憑かれたようにひたすら歌いつづける原田さんをうまく操っている。

ライヴが終わり、片づけを終えたお二人とスタッフさんと、北口スターロード入口のイタリアンに行った。南欧料理の店「デルソル」があったところだ。原田さんはここでお帰り、賢作さんと隣の隣あたりにある漫画・古本カフェ「よるのひるね」で飲みなおし。

お店の名前通り、夕方開店して午前二時までやっている変わったカフェだ。もちろん知っていたが、一人では入る勇気がなかったので、賢作さんのおかげで世界が広がった。

びすとろ空《くう》　あとがきのかわりに

二〇一二年一一月、『週刊現代』のリレー連載「会う食べる飲む、また楽しからずや」に寄稿したことがある。

〇月×日　八時に起床。朝食と昼食を兼ねてサンドイッチを食べ、午後は目前に控えたドビュッシー生誕一五〇周年記念コンサートの通し稽古。一八時ごろまで、ソプラノ歌手の吉原圭子さん、バリトン歌手の根岸一郎さんの歌に合わせてリハーサルしました。

リハーサル終了後、プロデューサーと歌手のお二人と一緒に、阿佐ヶ谷のスペインバル「ＲＩＳＥ」に飲みに行くことに。活気があって、肩がこらない素敵なお店です。

香辛料の風味が野菜の味を引き立てる、オクラ、れんこん、トマトなど五種類の野菜を使ったマリネ風のサラダ「モロッカ」が絶品。青じそと小ヤリイカのパスタ、イベリコ豚と豆の煮込みなど、どれもおいしい料理を食べながら、ワインを飲みます。

根岸さんはパリ・ソルボンヌ大学で修士課程を修了した変わりダネの歌手で、論文の内容は「フランス文学が落語に与えた影響」というもの。そんな話を聞きながら、吉原さんは料理をもりもり食べていて、小柄なのにどこに入るのだろうとびっくりしました。

気がつけばもう二三時。千葉県に住んでいる根岸さんが終電を気にしはじめたので、この日はお開きにしました。

「ＲＩＳＥ」はまだあるが、「モロッカ」はもうない。

○月×日　都内での講演を終えて、帰りがけに阿佐ヶ谷のダイニングバー「びすとろ空」へ。カウンターにテーブルがひとつだけの小ぢんまりとしたお店ですが、最近、指揮者で飲み仲間の田部井剛くんとふらりと立ち寄ってから、お気に入りの一軒になりました。

メニューは仕入れによって変わるので、黒板に書かれています。この日のオススメ「キーマカレー」はジックリ煮こまれ、香辛料もほどよく利いた逸品。マスターは無口な職人気質。料理からは自信とこだわりが漂います。「この店はおいしそうだ」という田部井くんと私の嗅覚も大当たり。

音楽関係者には食通が多く、食べる愉しみを共有できることを幸せに感じます。よい食事をすれば、またよい音楽を奏でるエネルギーが湧くというもの。音楽でつながる友人たちとテーブルを囲み、贅沢な時間を過ごしたいと思います。

「びすとろ空」は今はなくなり、「カフェキッチン ラポム」にパンを卸す店になっている。二〇一六年だったか、『水の音楽』が平凡社ライブラリーにはいったとき、担当編集者の松井純さんと打ち合わせしたのがこの「びすとろ空」だった。二〇〇一年に書籍版とCD版『水の音楽』を同時リリースしたところ、出版界とレコード業界の営業方針がかけ離れていて、プロモーションがあまりに大変だったので顚末記を書いたが、どこも出してくれなかった。

松井さんにお見せしたところ「おもしろいから入れましょう」と言っていただき、本文とは組み方を変え、付録の形で入れ込んだ。ライブラリー版が出たとき、文芸評論家の中条省平さんがお便りをくださり、「新たな文体を獲得されて感銘を受けました」としたためられていたが、書いたのは『水の音楽』の少しあとだから一四、五年前なのである。

古典からロマン派、近現代の作品を弾きわけるように訓練されている演奏家は、文体を変えるのも慣れているかもしれない。

松井さんとは、『阿佐ヶ谷物語』の話もすすめていた。

もとになったのは、東京新聞の連載「私の東京物語」で、依頼があったのが二〇一八年三月で締め切りが八月末。すっかり忘れていたが、八月に何か締め切りがあったことだけはうっすらおぼえていた。ピリオド楽器のためのショパン・コンクールの取材で九月頭から日本を留守にすることもあり、念のため前のメールを検索したら依頼メールが見つかった。こちらから連絡すると、編集部が交替したようで、私に催促するのを忘れていたらしい。いついつまでに欲しいと言われたのが出発直前で、一〇回ぶんを二日で書いた。

話題を阿佐ヶ谷の町に限定し、祖父が会場を提供していた阿佐ヶ谷会や、それを偲ぶ新阿佐ヶ谷会、界隈の飲み屋にまつわる思い出など。

二〇一九年九月に松井さんにお会いしたとき、この連載を単行本にまとめる話が出た。二〇二〇年六月に古希を迎えるので、記念ライヴまでに本を出したいと申し上げた。

その後まったくご連絡がなく、二ヶ月後ぐらいにじれてメールをすると、もちろん書いてください、ページ六四〇字換算で二〇〇ページぐらいの本にしたい、とあった。ということは四〇〇字詰め三二〇枚になる。その後、年末から年始にかけて松井さんのパソコンが壊れ、携帯もクラッシュして連絡不能になってしまった。

一月二二日に、フランス文学者・千葉文夫さんの評論『ミシェル・レリスの肖像』第七一回読売文学賞刊行記念の講演会でお会いしたとき、二月末までに脱稿すれば六月に間に合う、二〇〇枚原稿があれば、あとは写真や資料で…というお話だったので書きはじめた。

平凡社から、松井さんが二月一一日に急逝されたという知らせがはいったのが一三日。睡眠中の突然死だという。梯子をはずされたような虚脱感を味わったが、とにかく幻の締め切りめがけて二〇〇枚を目標に書き、終わってみたら三二〇枚になっていた。

連載も単行本も、つくづく即興演奏であった。

涙雨のなか、松井さんのご葬儀がとりおこなわれたころ、新聞では連日、横浜に停泊中のクルーズ船「ダイヤモンド・プリンセス号」での新型コロナウイルスの感染爆発について報道されていた。コロナ禍は、一月は中国、二月はヨーロッパやアメリカに特化されているように思われたが、次第に日本でも感染が拡大した。三月一日に一番街の「バルト」を貸し切って「新阿佐ヶ谷会」を催したときは、すでにかなり差し迫った情況で、延期になってもおかしくなかった。翌二日に首相が小中学校の臨時休校を要請し、四月七日に東京を含む七都府県に緊急事態宣言が発令された。

飲食店は八時までの営業で、酒類の提供は七時までに制限された。五時ごろに「いちょう小路」の「十六夜」を覗いてみると、感染予防のために扉は開けてあるが、一見さんはおことわり。「あんだん亭」は週に三日の営業に切り換えた。一度にはいれるのは三〜四名のみ。通常は六時半開店の「バルト」は、思い余って平日は五時から、土日は三時から店をあけることにした。やはり六時半に開店する「よるのひるね」は商売にならず、五月一日から半年間休業している。

五月二五日に東京の緊急事態宣言は解除されるが、阿佐ヶ谷の町には思ったほどお客さんが戻ってこない。川端通りの「ＲＩＳＥ」は奥に長い店内を半分に仕切り、道路側だけの営業にしていた。室内楽やオペラなど、自宅でのリハーサル後にこの店の一番奥に陣取り、音楽談義をかわしたころが夢のようだ。

六月四日のバースデーライヴも延期され、動画配信に切り換えられた。その後感染は拡大の一途をたどり、東京都は八月三日から三一日（その後九月十五日に延長）まで、飲食店に営業時間の再短縮を要請し、酒類の提供は一〇時までとなった。

毎夏の楽しみだったパールセンターの「七夕まつり」も中止になった。商店街最大のイベントで稼ぎどきなのに。同じ時期に開かれる神明宮の「阿佐ヶ谷バリ舞踊祭」も、御神輿でにぎわう秋祭りも今年は開かれない。

外出を必要最小限にとどめ、感染症対策につとめる日々はまだつづくが、幸いなことに、九月一九日から酒類を出す店にも通常営業が認められるようになった。一番街もスターロードも川端通りもいちょう小路もガード下も、以前の活気が戻ってくることを願ってやまない。

快く取材に応じてくださった阿佐ヶ谷の飲食店の皆さま、カバーと扉を素敵なイラストで飾ってくださったライターの岡崎武志さん、本書の出版を許可してくださった平凡社、並びに編集にあたってくださった下中順平さんに心から感謝申し上げます。

本書を、今は亡き松井純さんに捧げます。

二〇二〇年九月

本書で引用した文章の表記は原則、新漢字・新仮名遣いを採用し、難読と思われる漢字に振り仮名を付した。

引用文中の一部、今日の観点からみるとふさわしくない語句・表現が用いられているが、作品の時代的背景を鑑み、そのまま掲載することとした。

青柳いづみこ（あおやぎ・いづみこ）

ピアニスト・文筆家。東京生まれ。祖父は仏文学者青柳瑞穂。4歳からピアノを習い、東京藝術大学音楽学部を経て、同大学大学院修士課程修了。フランスに留学し国立マルセイユ音楽院を首席卒業。東京藝術大学大学院博士課程修了。その間、安川加壽子とピエール・バルビゼに師事。演奏活動と両立して文筆家としても活躍し、1999年『翼のはえた指』（白水社）で吉田秀和賞、2001年『青柳瑞穂の生涯』（新潮社、のちに平凡社ライブラリー）で日本エッセイスト・クラブ賞、2009年『六本指のゴルトベルク』（岩波書店、のちに中公文庫）で講談社エッセイ賞受賞。『水の音楽』（みすず書房、のちに平凡社ライブラリー）をはじめ多数の著書がある。

公式HP：https://ondine-i.net/
公式FB：https://www.facebook.com/aoyagi.izumiko/

阿佐ヶ谷アタリデ大ザケノンダ
文士の町のいまむかし

発行日　2020年10月21日　初版第1刷

著　者　青柳いづみこ

発行者　下中美都

発行所　株式会社平凡社
〒101-0051 東京都千代田区神田神保町3-29
電話（03）3230-6579［編集］（03）3230-6573［営業］
振替 00180-0-29639
ホームページ https://www.heibonsha.co.jp/

印刷　株式会社東京印書館
製本　大口製本印刷株式会社

ISBN978-4-582-83848-0
NDC分類番号914.6　四六判（18.8cm）　総ページ248